Georg Terramare

UNS WARD EIN KIND GEBOREN

WIENER WEIHNACHTSLEGENDEN

Miguel Herz-Kestranek (Hg.)

Georg Terramare

Uns ward ein Kind geboren

Wiener Weihnachtslegenden

Herausgegeben von
Miguel Herz-Kestranek

Ibera Verlag, Wien

Die Deutsche Bibliothek – CIP-Einheitsaufnahme
Terramare, Georg; Herz-Kestranek, Miguel (Hrsg.):
Uns ward ein Kind geboren, Wiener Weihnachtslegenden / Terramare, Georg,
Herz-Kestranek, Miguel (Hrsg.).
1. Aufl. Wien : Ibera-Verl., 1998
ISBN: 3-900436-71-1

1. Auflage

Herstellung: Theiss-Druck, Wolfsberg

ISBN 3-900436-71-1

Inhalt

Zum Geleit 7

Vom Wiener Herrgott 13
Verkündigung 18
Die beiden Frauen 20
Josefsidyll 23
Gebet zum heiligen Josef 36
Und es ging aus eine Verordnung 39
Kleine Leut 42
Wirte 44
An die Nacht in der Fremde 52
Kleines Gloria 53
Die Hirten 61
Drei Könige gehen mit dem Stern 71
Großes Gloria 78
Vor einer Krippe 83
Türkischer Marsch 85
Aufbruch 92
Die Wiege 94
Ausklang 101

Herodes 103

Wer war Georg Terramare 113

Miguel Herz-Kestranek
Zum Geleit

Kreise schließen sich ... auf wundersame Weise ... Ein altes, keineswegs wertvolles, mir jedoch umso teureres Erbstück hängt seit dem Tod meines Vaters an meiner Wand: ein gerahmter Besetzungszettel der Klosterspiele im Stift Schotten in Wien vom Jänner 1928. Bei dieser Schüleraufführung von Schillers »Die Jungfrau von Orléans« im altehrwürdigen Schottengymnasium spielte mein Vater neben Klassenkollegen wie Eric Frey, Eduard Volters und Franz Stoß, die alle später bekannte Theatergrößen werden sollten, eine winzige Rolle, den königlichen Offizier »La Hire«. Die Spielleitung oblag einem gewissen Georg Terramare.

Ohne zu wissen, wer dieser Georg Terramare war, regte dieser Name immer mit einer eigentümlichen Anziehungskraft meine Phantasie an. Im Zusammenhang mit der Welt des Theaters verbanden sich mir mit diesem Namen Bilder einer südländischen Künstlernatur des Fin de siècle; gleichzeitig sah ich Segelschiffe an blauen Inseln sanft vorübergleiten, und ich sah eine weitläufige Wiener Ringstraßenwohnung, opulent eingerichtet in schwersamtigem Makartstil ...

Bis mir viele Jahre später zu Herzen gehende Weihnachtsgedichte eines Georg Terramare in die Hände fielen, wie ich sie so tief empfunden und gleichzeitig so einfach dargestellt noch kaum gelesen hatte – allesamt angesiedelt im alten Wien! Geschrieben jedoch, wie ich erfuhr, aus tiefster Sehnsucht nach der geliebten Heimat im Exil in La Paz in Bolivien.

War dies derselbe Georg Terramare, der auf dem Theaterzettel stand? Ich konnte es nicht in Erfahrung bringen. Ich

las, wo immer sich weihnachtliche Gelegenheit bot, diese Gedichte vor, nicht jedoch, ohne den meist sehr berührten Zuhörern zu erzählen, wo und unter welchen Umständen diese so urwienerischen Verse entstanden waren.
Und wieder Jahre später war es – ich schrieb gerade an dem Buch über die Emigrationsjahre meines Vaters –, daß mir meine Tochter den ergreifenden Erzählband Fritz Kalmars *»Das Herz europaschwer - Heimwehgeschichten aus Südamerika«* zum Geburtstag schenkte. Und hier begann sich der erste Kreis zu schließen. Wie ich nämlich dem Bucheinband entnahm, lebt der Wiener Emigrant Kalmar heute noch in Montevideo in Uruguay, der letzten und längsten Station im Exil meines Vaters. Und er hatte zuvor die langen Jahre des Vertriebenseins mit seinem Freund Georg Terramare in La Paz verbracht und nach dessen Tod die Witwe des Freundes und engen Weggefährten geheiratet.
Ich schrieb Fritz Kalmar, sandte ihm das vergilbte Programmblatt der Schottenspiele, und er antwortete mir, daß er den Dichter meinen Familiennamen oft hatte nennen hören – es war derselbe Terramare, und er war mit meiner Familie offenbar gut bekannt gewesen. Und als der 86jährige Kalmar kurz darauf nach Österreich kam, brachte er mir die Zeitungskritik zur damaligen Schüleraufführung mit – nach fast 70 Jahren hatte sich ein Kreis geschlossen! Und ich hatte die gleiche Empfindung wie Fritz Kalmar, der mir verriet, er habe von der ersten Minute unseres Kennenlernens an das Gefühl gehabt, wir zwei gehörten zusammen.
Und jetzt erfuhr ich die Geschichte des Georg Terramare, der mich bis dahin auf geheimnisvolle Weise durch mein Leben begleitet hatte; ich erfuhr vom Leid dieses glühenden Österreichers im Exil und von seinem Tod, den er buchstäblich aus gebrochenem Herzen, aus Heimweh erlitten haben soll.
So gab Terramare kurz vor seinem Tod, als sein junger Freund, der Dirigent und Musikwissenschaftler Kurt

Pahlen zum erstenmal nach dem Krieg von Südamerika wieder nach Europa fuhr und Wien besuchen konnte, diesem das folgende Gedicht mit auf die Reise:

Wenn Du nach Wien kommst, wird es abend sein,
Da leuchten sicher golden die Laternen
In warmen Nebel still hinein
Und unsere Türme schweigen zu den Sternen.
Stell dich zum Fenster, warte auf die Nacht
Und lausch hinaus. Und schreib mir keinen Brief,
Du kannst es doch nicht sagen,
Wie schön bei Nacht in Wien die Uhren schlagen.

Wenn du nach Wien kommst, wirst du traurig sein.
Da gehen viele müde durch die Gassen
Und fühlen sich vergessen, arm und klein.
Du möchtest alle bei den Händen fassen.
Tu's nicht! Geh schweigend! Deine Hand ist jung
Und Leid macht alt. Und schreib mir nichts davon,
Du brauchst nichts zu berichten,
Ich weiß, wie stolz wir arm sind und verzichten.

Wenn du nach Wien kommst, geh du vor die Stadt
Und frag, wie heuer wohl der Wein gedieh,
Und sieh: die Reben hängen süß und satt
Und durch das Grün klingt alte Melodie.
Sei so wie sie ist: diene deiner Stadt
Und gib und gib! Und hab nicht Zeit für mich.
Du mußt mir's nicht erst künden:
Gott läßt in Leid uns Lied und Heimat finden.

Ich erfuhr auch von der Religiosität des gläubigen Katholiken, der – nach Hitlers Rassegesetzen Jude – sein Leben durch Flucht retten mußte. Und ich erfuhr, wie seine nie nachlassende Heimatsehnsucht den schwerkranken Dichter

und Theatermann, der einen Großteil seines Lebens vor der Emigration in Dornbach, diesem grünen und heute noch zum Teil dörflichen Wiener Vorort, verbracht hatte, seine Weihnachtslegenden eben dort ansiedeln ließ; wie er Umgebung und Personen, die tief in seiner Erinnerung eingegraben waren, in diesen Weihnachtsgedichten wiedererstehen ließ: »… Steige und Leiten, Gassen und Hügel, Tischler und Wirte, Greißler und Beamte, ins Überzeitliche und Überräumliche gehoben und so gleichsam zu zeitlos Gültigem ver-dichtet«, wie es die Terramare-Kennerin H. M. Steinmetz einmal ausdrückte.
Bezugnehmend auf die Tafeln des Schottenmeister-Altars – so bildet den Hintergrund zur »Flucht nach Ägypten« die etwa älteste Gesamtansicht von Wien –, meinte Terramare, er nehme sich als Schreibender im 20. Jahrhundert dieselbe Freiheit, die sich der Maler im frühen 15. Jahrhundert nahm.
»Wie volkstümlich«, schreibt er, *»haben die großen Maler die Hirten an der Krippe dargestellt und mit welchem Humor die Heiligen Drei Könige, trotz ihrer Heiligkeit und Königswürde! Dazu kommt noch, daß ich der Meinung bin, daß solange kleine Bauernbuben in Österreich jede Weihnachten in bunte Gewanderln gehüllt umgehen dürfen und sich nach einigen Liedern krapfenbettelnd als die Personifikation dieser hohen Herren ausgeben dürfen, daß man also, solange es ›Sternsinger‹ gibt, berechtigt ist, Sternliederln zu schreiben. Nun, das habe ich getan. Die Einbeziehung eines Feldwebels der Königlich Melchiorischen Ehrenkompanie muß mir zugute gehalten werden. Wir Wiener fühlen immer einen leisen Hang zum Spott, wenn wir Ausländer in unserer Stadt mit wichtiger Miene umgehen sehen … nun, und einen Türk' schon gar! Ich weiß nicht, warum das so ist, aber es ist so. Wahrscheinlich, weil in unserer Geschichte die Türken dieselbe Rolle spielten wie seinerzeit unser Wunder-Team in England, nämlich gut zu kämpfen und dann doch besiegt zu werden. Das macht bei einem*

gutmütigen Volke immer beliebt … Ich habe nur die Umwelt der großen heiligen Personen der Weihnachtsgeschichte behandelt, und das in österreichischer Sprache …«

Mag ein weiterer, mir bislang unbekannter Berührungspunkt mit Georg Terramare noch so zufällig und umwegig erscheinen: die Tatsache, daß die erste Frau meines Vaters, die sich scheiden ließ, weil sie – zum Unterschied von Terramares Frau – das Emigrantenleben mit meinem Vater nicht teilen wollte, in nächster Ehe den Sohn des großen Kunstsammlers und Terramare-»Lehrmeisters« Figdor heiratete, ist mir ein weiterer Anstoß zur Herausgabe des vorliegenden Buches.
Und daß ich am 3. April 1948 – einen Tag vor Terramares Tod – geboren wurde, erscheint mir nach dem vorher Gesagten fast wie eine Verpflichtung: So, als hätte der Dichter auf mich gewartet, sein letztes Werk und damit ihn selbst vor dem Vergessenwerden zu bewahren.

Mich führt die Geschichte der Entstehung dieser Dichtung und jetzt dieses Buches heute, Jahrzehnte nach Krieg und Holocaust, in einer Zeit der immer fruchtbareren Besinnung auf den Schrecken, nicht zuletzt zum Gedanken an einen Frieden zwischen den Religionen – für mich ohne Zweifel einer der ersten Bedingungen zum Entstehen einer neuen, weltumfassenden Ethik.
Mögen diese Alt-Wiener Weihnachtslegenden, geschrieben vom getauften Wiener Juden Georg Terramare, den Leser zum selben Gedanken führen.

Wien, im April 1998

Vom Wiener Herrgott

Es tun die meisten Menschen sagen
– und glaubt Ihr's nicht, so könnt Ihr fragen –
Es sei der ganzen Welt bekannt,
Der Herrgott wär' am Jordanstrand,
Im Osten wo, zur Welt gebracht
In einer stillen, heilgen Nacht.
Nun lebt, das sei hier festgestellt,
Der liebe Gott in aller Welt
Sowohl als Kind wie auch als Mann.
Drum ist's vielleicht nicht schlecht getan,
Wenn ich mir denk, wenn ich so mein,
Er wird auch schon geboren sein
In andern Ländern als grad dort,
Wovon erzählt das Bibelwort.
Bei uns sind auch die Nächte still
Und schön und heilig – so Gott will.
Und kommt bei uns ein Kind zur Welt,
Ist es auch schlechter nicht gestellt
Als es zu Bethlehem könnt' sein.
Und dann – ich bild mir's halt so ein
Und krieg es nicht aus meinem Sinn:
Die Weihnachtsgschicht, die spielt in Wien.
Nicht grad am Ring, nicht grad am Graben,
Weil dort die Leute andres haben,

Was ihnen ein Vergnügen macht
Beim Tage und erst recht bei Nacht.
Nein, in den äußeren Bezirken
Dort spür ich noch des Kindes Wirken.
Dort, wo in Höfen Bäume stehn,
Die morgens dir ins Fenster sehn
Und wo man heut noch dann und wann
Ein Schwalbennest am Dach sehn kann,
Und wo im Frühling, wenn es tagt,
Noch manchmal eine Amsel schlagt.
Mit einem Wort: dort, wo die Stadt
Mit der Natur ein Gspusi hat,
Dort, wo am Dienstag jede Wochen
Ein Werkel spielt, als wie besprochen,
Dieselbe alte Melodie.
Du hörst sie stets, sie stört dich nie,
Sie ist nicht fremd, sie g'hört dazu,
Mit ihrem Lärm bringt sie dir Ruh.
Dort, wo … dort, wo … ich mach ein End,
Weil's eh ein jeder Wiener kennt.
Und dorten – das ist so mein Span –
Mein ich, fing die Geschichte an.
Und wie? Ich hab's mir ausgedacht,
Hörts zu, wenn's euch nicht schläfrig macht.

Der liebe Herrgott kam zur Erden
Zu Wien. Das könnt' bewiesen werden!
Warum wär' sonst am Meßgewand
Und Hochaltar in jedem Land
Grad eine Rebe stets zu sehn?

Die Zeichen muß man recht verstehn!
Warum, als er uns hat belehrt,
Ist er zur Hochzeit eingekehrt,
Der Herrgott? Und gleich zu Beginn?
Das hat doch alles seinen Sinn!
Und warum konnt' er's nicht vertragen
– Die Bibel tut das deutlich sagen –,
Daß alle dort nur Wasser tranken?
Und warum kam ihm der Gedanken,
Daß er sofort mit Wunderkraft
Den Leuteln einen Wein verschafft?
Und obendrein, wie zu vermuten,
– So steht's dabei! – recht einen guten?
Wie's zugegangen ist danach?
Ja, das ist eine andre Sach!

Der liebe Herrgott kam zur Erden
In Wien. Das kann bewiesen werden!
Er hat – und so ist es auch heut –
Den Weg gesucht zu seine Leut.
Wollt' einziehn in die neue Stadt,
Die ihn, weiß Gott, so nötig hat,
Wollt' sie belehren und befrein.
Sie wollte nicht! Kann so was sein?
Na, ja! Dem einen war's nicht recht,
Daß er was Neues pred'gen möcht',
Dem andern sagt es gar nicht zu,
Daß er ihn stört in seiner Ruh.
Der Dritte sagt: »Den hab ich kennt,
Da ist er noch im Rockerl g'rennt!

Mir schaut nur der dem Herrgott gleich,
Der zu uns kommt von aus dem Reich!«
Und: »Wunder?« hat ein andrer g'meint,
«Ja, Wunder? Weißt, mein lieber Freund,
Man hört gar viel darüber schrein,
Ich glaub, es wird so arg net sein!«
Und einer: »Er soll sich verstecken!
Er tut die Falschen auferwecken!
Der Joachim, das war wer Netter,
Den laßt er unter sieben Bretter –
Den Lazarus ruft er heraus,
Grad ohne den käm ich gut aus!«
Was hat der Herrgott da gemacht?
Er hat ganz still in sich gelacht,
Hat nicht geschimpft und nicht geflucht,
Hat einen Esel ausgesucht,
Und ist auf dem zur Stadt geritten.
Da lassen sich die Leut nicht bitten.
Erleichtert atmet jeder auf:
»Er sitzt auf einem Esel drauf!
Er ist wie unsre großen Herrn,
Er hält sich nicht von Eseln fern!
Kommts, Kinder, schauts, das ist ein Mann,
Mit dem man sich vertragen kann!
Schreits: ›Vivat! Hoch!‹ Und jubiliert
Dem Herrn, der Esel protegiert!«
So zog ins Jubeln und ins Schrein
Der Herrgott auf dem Esel ein.
Ich kenn die Stadt, die dem nur singt,
Der Esel hoch zu Ehren bringt.

Willst du der Stadt was Neues sagen,
Mußt mit den Eseln dich vertragen.
Vielleicht mein ich Jerusalem
Und auch noch eine außerdem.
Und nenn ich sie, fragt wer danach?
Ja, das ist eine andre Sach!

Ich sag nur eines vorderhand:
Mir ist mein Land das Gottesland,
Trotz allem – oder grade drum!
Ich bin einmal so furchtbar dumm,
Ich denk mir halt und bild's mir ein,
Der Herrgott könnt' aus Wien wo sein,
Aus irgendeinem Vorort wo,
Und die Geschichte wär' dann so: –

VERKÜNDIGUNG

Es ist ein Mugel bei Dornbach wo,
Mitten in hellem Wald,
Dort werden die Bäume, so lang sie auch stehn,
Nimmer knorrig und alt.

Die Birken beben wie Mädeln vorm Tanz
Mit dem, den ihr Herz begehrt,
Und die Buchen sind still wie Kinder es sind,
Wenn sie erstes Wissen beschwert.

Und es steht eine Tanne schmal und allein,
In jungem Ernste sie steht.
Und von ihren Ästen im Morgenwind
Ein fürstliches Grüßen geht.

Es ist ein Mugel bei Dornbach wo,
Wenige finden ihn.
Die Blüten stehn demütig offen und still
Wie die Schuh einer Königin.

Das Licht ist weiß wie der Königin Kleid,
Und mild, wie die Liebe fragt,
Und der Wind ist so zag, wie ein Mädel spricht,
Das um Gott ihrem Willen entsagt.

Und einst stand ein Engel dorten und sang
So ernst und so lieb wie noch nie.
Und es neigte ein Mädel dorten den Blick,
Und das Mädel hieß Jungfrau Marie.

Es ist ein Mugel bei Dornbach wo,
Gütig wie Gottes Ruh.
Und willst du Marie und den Engel sehn,
Dann mach deine Augen zu!

Leg still dich nieder und schmieg den Kopf
Ins Gras an der Tanne Fuß
Und bet mit der Erde, dem Baum und dem Wind
Im Herzen den Englischen Gruß!

Bet es nur einmal, das weiße Gebet,
Du sprachst es so oft als Kind,
Und schau dann Marie und den Engel des Herrn,
Die so blond wie die Schulkinder sind.

Es steht ein Mugel bei Dornbach wo,
Mitten im Walde drein,
Dort wird, was müd ist und schlecht und alt,
Wieder jung und gläubig und rein.

Die beiden Frauen

Sie lebte immer schon einsam,
Aber jetzt war sie ganz allein.
Da fiel ihr eines Morgens
Die Tant Elisabeth ein.
Sie nahm ihr Feiertagskleiderl
Und das Huterl, das ihr gefallt,
Ist über die Berge gewandert
Hinüber nach Neustift am Wald.

Sie wollte nicht gern auf der Straßen
Und nicht zwischen Häusern gehn,
Sie sehnte sich gleich nach den Hügeln,
Wo die hellgrünen Reben stehn.
Sie war noch so schlank wie die Reben
Und wie das Weinlaub so licht,
Und so blaß wie die Rebenblüte
War ihr kleines, rundes Gesicht.

Sie stieg und stieg, bis sie oben
Auf dem Feld gegen Himmel stand,
Dann blieb sie stehn zum Verschnaufen
Und schaute hinunter aufs Land.
Und dorten, da ist sie gestanden
So drei, vier Minuten lang,

Und mutterzart koste ihr Lächeln
Wie ein Streicheln über den Hang.

Da taten sich auf alle Blüten
Von dem künftigen Alsegger Wein,
Da sank in unsere Erde
Ein duftendes, reiches Gedeihn.
Da waren die Reben gesegnet
Von selbiger Stunde an,
Und »Zur Himmelmutter« heißt 's Wirtshaus,
Wo man heut noch den Wein trinken kann.

Sie ist durch den Wald gegangen,
Dort war es so kühl und so still.
Es roch das Laub auf dem Boden
Nach Moder. Sie sprach: »Wie Gott will!«
Sie trat dann hinaus in den Mittag,
Der war heute schwer und heiß,
Und dann ging sie über die Straße,
Die hart war, staubig und weiß.

Das Dorf lag abseits und ruhig,
Und mitten im Sonnenlicht drin
Stand die Tant auf der Wiese und schaute,
Und Maria lief gleich zu ihr hin.
Die Tant hatte silberne Strähnen
In ihrem nußbraunen Haar –
Des wurde Maria erst heute
So wirklich richtig gewahr.

Sie sahen sich still in die Augen,
Hat keines ein Wörtel gesagt.
Und da wußte jedes vom andern,
Daß auch sie ein Kinderl tragt.
Und da waren sich beide wie Schwestern,
Die junge und alte Frau,
Und die Bäume ringsherum blühten
Im Mittagslicht in der Au.

Da sang es auf einmal in ihnen,
Das Wort, das jede gesucht:
»Es lobt Dich, Gott, alle Blüte,
Es lobt Dich, Gott, Deine Frucht!«
Dann gingen sie still in das Hauserl
Und redeten dort in Ruh
Über Windeln und Hemderl und Kleiderl
Und gehäkelte Kinderschuh.

Josefsidyll

Josef, der Tischler, hatte die Werkstatt schräg gegenüber, unten zu ebener Erd. Seine Wohnung war oben.
Wenn es Frühlingszeit wurde und dann immerfort durch den Sommer stand die Türe der Werkstatt weit offen.
Man sah dann weißes Holz an der Wand und die Hobelbank voller Narben.
Drauf stand ein Hefen, an dessen Wänden man außen goldgelbe Tränen erstarrten, längst schon getrockneten Leims sah, hörte den Hobel zischen, es seufzte die Säge, hörte den Hammer, der erst mit langsamen, wuchtigen Schlägen in das Holz die blitzenden Stifte hineintrieb, dann der Sicherheit halber noch drei, vier leichtere Schläge tun und dann noch einen Schlag, einen festen, verkündend, daß dieses Stückchen Arbeit richtig getan sei.
Dann pumpert leise des Hammers Holzstiel, wie man ihn weglegt.
Josef, der Tischler, trug einen blauen Schurz, wie es Sitte.
Weiße, hinaufgekrempelte Ärmel entblößten kräftige Arme mit hohen Adern, und dort, wo nach außen spitz der Ellbogen sticht, dort höhlte nach innen tief sich je eine Grube, ein Tal zwischen holzharten Muskeln, die sich spannten und zweigten zu Daumen und Fingern.
Keiner konnte wie er die »Fournier« so kunstgerecht passen, ganz besonders die Kirschholzmaser zu Faltern,

oder das Nußholz so fein, daß die Tür eines Kastens wie
Schildpatt wellig und reich in Hell und in Dunkel erglänzte.
Das sei wirkliche Tischlerkunst, so sagten die Kunden,
Kunstwerke lief're der Meister, nur etwas verspätet.
Josef wischte bei solchem Anlaß die Hand in die Schürze,
lächelte froh und verlegen zugleich und behauchte
irgendein Eckchen des Stücks und rieb's mit flanellenem
Fetzen eilig noch einmal auf Glanz und tat mit der Brille,
die er heruntergenommen, genau so wie mit dem Möbel,
gönnte sich heimlich ein Lächeln des Stolzes und meinte:
»Dreißig Jahre beim Handwerk, die bringen manche
Erfahrung!«, grüßte höflich und ging und vergaß auf die
Rechnung.
Ganz dasselbe tat öfter die Kundschaft, und darum war
Josef trotz seiner Kunst recht arm, doch geehrt und
zufrieden.
Einst wäre Josef, der Tischler, sehr gerne Pfarrer geworden,
damals, als er die Schule verließ, doch es reichte nicht
mit dem Geld, denn es waren zuhaus noch drei jüngere
Brüder und der Vater war grad in dem Jahre gestorben.
Darum hieß es für Josef, so schnell es nur ging zu verdienen,
und er wählte das Handwerk am nächsten dem Priester.
Ja, so ist's!
Denn der Tischler, genau wie ein richtiger Priester, geht ja
nur um mit dem, was der Herrgott läßt wachsen, muß seine
Arbeit genau nach dem Materiale einrichten, wissen, ob
drinnen die Würmer nicht heimlich gefressen, muß das
harte Stück Holz von dem weichen wohl unterscheiden,
aber auch wissen, daß Äste, verstockt und sehr störrig, schwer
zu bearbeiten sind und den Nutzen des Stücks oft verringern.

Wohl den Nutzen! – Die Schönheit jedoch wird gefördert, wenn so ein Ast, erst richtig behandelt, am End wie ein Auge hinaus in die Welt schaut mit dem ernsten und tiefen Blick des Menschen, der sündigte, kämpfte, trotzte und endlich sich in verklärendem Glanz der Träne zu Gott wandt'.
Diener des Herrn ist der Tischler sicherlich mehr als ein andrer, denn er fügt die drei Schicksalsgefäße zusammen, die den Menschen grad dann aufnehmen, wenn er am meisten Gottes Gebot unterliegt: die Wiege, das Eh'bett und – so ist's in der Vorstadt draußen – den einfachen Holzsarg.
So geht der Mensch durchs Leben, begleitet vom Tischler, so geht der Tischler durchs Leben und hilft dabei uns und dem Herrgott, so soll der Priester auch gehn, so praktisch und fleißig.
So ging Josef durchs Leben.
Er war auch allein wie ein Priester, trotz seiner Kunst recht arm, doch geehrt und zufrieden.
Also, Josef der Tischler bewohnte oben im Hause Zimmer und Küche. Er hatte hinaus auf die Straße auch einen kleinen Balkon, auf den er Scherben mit Blumen stellte, sobald es dem Frühling zuging.
Er pflegte sorglich seine Geranien, die Hauswurz und einige Fuchsien, goß sie und rupfte die welken Blätter herunter. Dieses tat er ganz langsam, fast feierlich, und seine Hände regten sich gütig und ernst, denn es waren dem Josef eine Gemeinde die Blumen, und obendrein eine recht fromme. Und er dachte sich immer beim Pflegen als Priester, sprengte wie segnend das Wasser und wischte die Blätter,

als wisch' er Salbe von kindlichen Stirnen nach heiliger Handlung.
Und wenn er alles getan, dann faltete er seine Hände, wie ein Priester es tut, mit runder Gebärde.
Lässig, doch feierlich auch, die Zeremonie vollendend mit einem Dankspruch.
Und Josef dankte auch wirklich, denn seine Blumen, die waren ihm alles – das heißt, nach der Arbeit – waren ihm also wie Menschen.
Er liebte die Menschen.
Das will heißen: Er liebte die Menschen, wie er sie sich dachte, schätzte sie alle und wußte von keinem was Näh'res.
Denn Frau Hrabal, die Hebamme, kannte er nur vom Begegnen, kannte den Feuerwehrhauptmann Paulini vom Grüßen, kannte den oberen Conrad, den Greißler, nur vom Bedienen und den unteren Conrad eigentlich gar nicht.
Denn hinunter die Hauptstraße kam der Tischler nur selten.
Und so kaufte er alles beim oberen Conrad – dies nur, weil es bequem war, er nahm für niemanden Stellung.
Wußte auch nichts von dem Streit der feindlichen Brüder.
Schnitzers Schank war ihm fremd.
Es winkte die goldene Kanne über der Türe nach ihm seit Jahren vergebens.
Den Tapezierermeister, den Klein, den grüßte er immer, weil er Gestelle ihm lieferte für seine Möbel, doch sie sprachen zusammen nur selten, und dann von der Arbeit, wenn auch Klein es versuchte, von andrem zu reden und von den vielen Geschichten rasch zwei, drei unterzubringen, deren er immer noch mehr als Matratzen auf Lager für seine Kundschaft hatte.

Es wurde die bloße Vermutung rasch zur Gewißheit
in seinem Mund.
Die Gewißheit wandelte schrecklich sich um zu
katastrophalem Geschehen – alles in seinem Munde.
Dahinter war gar nichts, denn zum Glück hatte Klein
gewöhnlich schon die Vermutung und das Gerücht falsch
verstanden. Das war oft das Gute.
Diesmal jedoch war es sicher, so meinte Herr Klein zu
Frau Hrabal, und er wunderte sich und schüttelte, häufig
zungenschnalzend, den Kopf.
Nein, wirklich, er mußte sich wundern, erstens, daß seine
Alte schon lange das wußte, was von einem erfahrenen
Fachmann, nein – Fachfrau wär' besser, was von einer
geprüften, ha, ha, sehr geprüften Hebamme nicht
beobachtet worden.
Ja, jetzt merke es jeder!
Leute werden aus Kindern und Kinder aus Leuten!
Und ihn wundere zweitens, und das gewiß doch am meisten,
das bei der Jungfrau Marie.
Es war doch noch gestern, daß sie zur Schule gegangen mit
Ranzen und Tafel und Griffel und daß ihr Vater gestorben.
Was der wohl gesagt hätt'?
Klein ging dann an die Arbeit.
Das heißt, er besuchte zuerst noch Schnitzer im Schank
auf ein Frackerl, es war ja erst zehne, und wie man spricht,
Mann zu Mann und über die Budel vertraulich, kommt
halt die Rede auf dies und auf das und Frau Hrabal.
»Ja, die Frau Hrabal, die ist was diskret – na, aus der
kommt kein Wörtl, wenn sie auch weiß, daß man weiß.
Die tut nichts wie lächeln.

Aber man kennt schon ihr Lächeln und weiß schon, was es bedeutet.
Wer hätt's geglaubt?
Aber jetzt, wo Frau Hrabal so lächelt?!
Wahrscheinlich kriegen jetzt bald die stillen Bewohner von Dornbach noblen Besuch.
Es wird sich ein Graferl bald einstelln!
Sicher weiß man es nicht, aber könnte der Schnitzer sich denken, daß sich ein Madel, so hübsch und so still und so vornehm, einlassen würde mit irgendeinem, der gerade daherkommt?
Einem Soldaten vielleicht?
Zwar … weiß man's …? Ihr Diener!«
Und so sprach bald ein jeder davon, was ein jeder gesehen.
Aber man brauchte für jegliche Tugend den Namen des benachbarten Lasters. Man nannte die Schweigsamkeit Hochmut, nannte Bescheidenheit Dummheit und Schüchternheit dalkert, Frömmigkeit Duckmäuserei, und einsames Wandern im Walde wurde zum »Randewutscherl«, man weiß es jetzt sicher.
Abschließend sprach dann ein jeder sein Wort nach jedes Charakter: Aus ihrem Fette Frau Hrabal ein leises »No eben!«, Klein einen wortreichen Satz, beginnend mit: »Hören S', Herr Nachbar …!«
Und seine Gattin: »Da hat man's! Es kommt für ein' jeden!«
Doch der obere Conrad, als er von der Sache vernommen, wandte sich ab von der Kundschaft – sie hatte berichtet – griff hinauf zur Stellage, auf der er die Sackerln mit Pfeffer aufbewahrt hatte.
Er nahm eins und wog's in der Rechten.

»Mir ist das alles ganz wurscht!«, so rief er dann laut durchs Gewölbe, »Kunde is Kunde bei mir! Ich will auch nichts hören vom Getratsch und Gered!«
Doch da bemerkte er grade, daß sein Gehilfe am unteren Ende bediente, also weit genug war, um nichts zu hören, da sprach er leise, den Bauch auf die Budel gestützt, und vertraulich, ernst sich die Stoppeln auf Wange und Kinn mit der Rechten befühlend: »Wissen S', man hört ja so manches hier hinter der Budel, wissen S', man weiß ja auch manches, von dem man am besten das Maul hält. Meinungen hat ja ein jeder.
Ich sag halt, ein Madel sollt' im Bezirke sich umsehn, wenn's wirklich einmal schon sein muß.
No – da wär' ja mein Karl, der is fesch und hat Gerstl!
Jede wählt halt nach eigenem Gusto. Jetzt hat sie's, die Urschel!«
Und er zuckte die Achseln. Das taten sie alle, alle freuten sich sehr der Gelegenheit, weise zu reden.
Streng verurteilte keiner, doch keiner verzieh ihr.
Übel wollte ihr niemand, doch keinem war es so wichtig, daß er grad mehr riskierte als einige Reden.
Nebenan wurde ein Schicksal, wie öfter schon in der Vorstadt, – Schicksale aber, ob gute, ob arge, erträgt man schweigend, wenn selbst man sie mitmacht, und ist es ein andrer, nun, dann bespricht man die Sache, das gilt als genügend.
Alle sprachen und zuckten die Achseln und ließen's bewenden.
Alle! Der eine nur nicht. Und der eine war Josef.
Der hatte etwas gehört, wie man eben was hört im Bezirke,

nichts Genaueres, nur, daß etwas geschehn war, irgend etwas Maria betreffend und etwas nicht Schönes.
Und er kannte Marie.
Auch sie hatte Blumen vor das Fenster gestellt, Geranien und Hauswurz und Fuchsien, aber dazwischen zwei Stöcke mit rosigen Nelken, ganz gefiederte, große und edle, mit sehr vielen Blüten, und – das war es, was Josef mit Staunen bemerkte – gleich groß blühten die Nelken ein jedes Jahr vor dem Fenster, blühten und wurden nicht kleiner, wie Nelken sonst werden, jungfräulich blühten sie fort.
Das war wie ein duftendes Wunder, das sich jährlich vollbrachte, ihm schräg gegenüber.
– Daran, er wußte es selber nicht wie, begann er zu denken immer, wenn jemand ihm sprach vom Haus gegenüber und von Marie, die dort auf Tür Nummer sieben logierte.
Immer hörte er weg und sagte nur: »So was!«, aber er dachte dabei an andere, schönere Dinge.
Nein, er dachte nicht, es war ihm, er horche, horche – auf was und auf wen? Das konnte er selber nicht sagen.
Dieses Horchen verspürte ein Duften von Nelken.
Und dieses Duften, das klang wie ein Lied, wie ein Singen, und dieses Singen, so süß es auch war, es befahl ihm, irgend etwas zu tun, nicht zu warten – zu handeln, zu helfen.
Eines nur wußt' er gewiß: seine Seelenruh war ihm genommen.
Setzte er sich, so litt es ihn nicht auf dem Sessel, ging er spazieren des Abends, so trieb es ihn wieder nach Hause, selbst seine Blumen begoß er jetzt rasch, ohne Feier.
– Und beim Blumenbegießen geschah es.
Da wurde ihm Klarheit.

Denn aufblickend wie immer, da sah er wie immer schräg
gegenüber Marie am Fenster, auch Blumen begießend.
Oft hatte er sie gesehn, doch heute, da war ihm, plötzlich
sei er erwacht aus lebhaftem Träumen, sehe, wovon er
geträumt, lebendig vor Augen, sehe, was nie er bisher im
Wachen und wirklich gesehen.
Alles sei einfach und klar, das Wunder der Nelken sei ihm
deutlich erklärt, erklärt von dem Antlitz Mariens.
Auch dieses seltsame, duftende Lied war ganz einfach –
war überhaupt kein Lied, es war nur der Gruß durch die
Blumen, den er immer empfangen und immer erwidert,
der ihm im Ohre geblieben, er wußt' nicht wieso, alle Tage.
Und der ältliche Mann versuchte zu lächeln, nicht zu
lächeln, wie Männer es tun, um Frauen zu grüßen, deren
Gestalt und Gesicht ihnen Freude bereitet.
– Nicht zu lächeln, wie Große es tun, die Kinder betrachten, – deren schwaches Nichtwissen sie leise bedauern, –
nicht vertraulich zu lächeln – er kannte Maria ja gar nicht –
Anders zu lächeln, ganz anders. Es wollt' nicht gelingen.
Darum ging er zurück in die Stube hinein und er wußte,
seine Unruhe war, daß er täglich gegrüßt ward von einem
Gruß, der nach Antwort verlangte, und daß diese Antwort
bis zur Stunde und jetzt noch ihm nicht in den Sinn kam.
Jetzt aber war es die höchste Zeit, so fühlte es Josef, etwas
mußte geschehn.
Es war ihm, er habe rasch einen Satz zu vollenden, vor Gott,
dem Herrn, zu vollenden, der, wenn er unfertig bliebe, wie
Lästerung klänge.
Mißverstanden zu werden von Gott, das klang etwas seltsam.
Gott ist allwissend – und doch – vielleicht daß im Himmel

absichtlich etwas, das einer nicht tut, obwohl er es könnte, oder nicht sagt – und beides aus Furcht oder Faulheit – fälschlich gedeutet wird und als Sünde gilt oder Lästerung.
Das überlegte sich Josef und nahm seinen Anzug, den er zuletzt auf dem Rathaus an jenem Tage getragen, als ihm der Stadtrat ein schönes Diplom überreichte, weil er genau an dem Tage vor dreißig Jahr' Meister geworden.
Schwarz war der Anzug und etwas eng und altmodisch aber immer noch neu, und – bestimmt zu seinem Begräbnis – hatte ihn Josef geschont und gepflegt und bewundert, manchmal gestreichelt sogar und dabei mit wohliger Rührung selbst die Reden erdacht, die Nachbarn und Kundschaft halten würden, sobald man von seinem Tode erfahren.
Diesen Anzug – noch roch er nach Tuch und nach Bügeln – trug er – ein wenig beengt – als er jetzt die Straße durchquerte, jetzt die Stiege hinaufschritt zu Tür Nummer sieben.
Engel begleiteten ihn, der sein Ohr den Engeln geliehen, doch er wußte es nicht. Er war nur verlegen.
Josef, der Tischler, läutete an, dann nahm er den Hut ab. Plötzlich fiel es ihm ein, er habe vergessen sich die Haare zu kämmen. Er spuckte daher in die Hände, glättete rechts sich und links die schütteren Strähne.
Da – und ihm war wie dem Schüler, erwischt vom Lehrer beim Schwätzen – klinkte das Schloß und es stand in der Tür Maria.
Aufrecht stand sie und ruhig im weißen Rahmen der Türe, trug – und nicht herrlicher trägt ein König die Krone – ihres gesegneten Leibes in Heiligkeit fruchtbare Wölbung,

Tabernakel der Mutterschaft, Heilskelch der Keuschheit –
– wißts was? Sei'n wir jetzt stad einen Augenblick lang und ein jeder bete für sich ein »Gegrüßet seist Du, Maria!« – So! – Und Josef?
Der stand und er sah und er schwieg und er wußte, wußte aber nur das, was ein Mensch weiß vom andern, nämlich nur was er sieht.
Es half ihm keiner der Engel, die in Erwartung gespannt ihn schweigend umstanden.
Jetzt war sie da für Josef, die eine entscheidende Stunde.
Einmal tritt sie an jeden und bietet und fordert: »Wähle, du Mensch! Hier ist irdische Klugheit, hier himmlische Weisheit.
Wähl die Gemeinschaft mit Irdischem oder entscheide dich für die Stille und schwere und bange Einsamkeit Gottes!«
Das ist die Stunde des Menschen. Es schweigen die Engel.
Das ist die Stunde, für die unsre Mutter, sich bäumend in Schmerzen, aus ihrem Leibe uns rang und preßte zum Leben.
Diese Stunde allein ist wert solch flammende Leiden, sie ist das Leben! Das andre ist Vorspiel und Nachklang.
Josef also?
Er stand und er sah und mit seinem Ärmel putzte er sorglich den Hut.
Dann ließ er ihn fallen, bückte sich langsam und umständlich, putzte ihn wieder, hob dann den Blick in das Schweigen und trat in das Zimmer.
Josef senkte den Blick noch einmal und hob ihn noch einmal, dann aber sprach er drauf los: »Sie werden mich kennen!
Ich bin Josef, der Tischler. Ich wohne schräg gegenüber.

Etwas hab ich von Ihnen gehört, ich mein, nichts Genaues.
Aber ich hab mir gedacht, weil wir täglich beim Fenster
uns sehen, müßt' ich nachschaun, was los ist.
Jetzt weiß ich's. Entschuld'gen!
Trotzdem aber, ich bin nur ein Tischler, vielleicht bin ich
dalkert, trotzdem ...«, er atmete tief und hielt seine Augen
bittend fast an Mariens Gesicht, als brauchte er Hilfe,
»Trotzdem«, sagte er leise, dann sprach er fast polternd,
»Trotzdem glaub ich nichts Schlechtes von Ihnen.
Ich nicht! Nicht von Ihnen!
Mein Gott, ich möcht keiner sein, der immer gleich
Schlechtes glaubt, wenn's ein bissel ausschaut nach
irgendwas, wie es nicht sein soll.
Wär' man so heikel, man könnt' unter Menschen nicht leben.
Wenn man nicht Freude hätt' an den Menschen, was wär'
dann all die Freud an den Blumen, den Viechern, den Sternen?
Grad nur bedauern müßt' man die lieben Gottesgeschöpfe,
grad nur bedauern sich selbst, daß wir da sind für andre.
Denn dafür sind wir doch da!«
Es flirrten leise die Flügel all der Engel im Zimmer.
Sie standen gerüstet für einen jubelnden Flug, geschnellt
von kostbarer Botschaft.
Josef sagte: »Ich weiß nicht, wie das geschehn ist, was ich
bei Ihnen bemerke, ich will es auch weiter nicht wissen
und es geht mich nichts an.
Aber das geht mich sehr an: Sie sind allein, und es ist was
passiert bei Ihnen – Vergebung!
Etwas, das vor man's nur denkt ein Malheur geben könnte.
Sie und das Kinderl – verzeihen Sie! – ihr beide, ihr
braucht einen Menschen.

Das geht mich an. Nur das! Das andre, das find't sich.
So mein halt ich's. Hab ich recht? So meint's halt der
Tischler von drüben, grad gegenüber.«
Es schnellten die Flügel der Engel, rauschten und schlugen
zusammen und schnellten noch einmal und legten breit
und leuchtend sich aus, und es sangen die Sel'gen, selig
segelnd ins Blau, gegen Himmel die siegreiche Botschaft:
»Herrlich, Herr in der Höhe, erweist sich auf Erden
Deines Antlitzes Bildnis, der menschlichen Seele verliehen!
Herrlich bereitet die Zeit sich zur Botschaft der Liebe.
Lieblich dämmert Advent Deines gütigen Willens hernieder.
Hebt die Posaunen, Ihr Brüder, bereitet das Gloria!«
Josef, der Tischler, verspürte den Lufthauch und strich sich
die Haare.
»Machen S' das Fenster da zu!«, so sagte er sorglich,
»Wissen S', Sie müssen jetzt vorsichtig sein für sich und
das Kinderl!
Na, in Zukunft, verlassen S' sich drauf, pass schon ich auf,
wenn's Ihnen recht ist.
Und wenn's Ihnen recht ist, dann können S'einmal
erzählen. Am Abend.
Ich werd Ihnen glauben, habn S' keine Angst!«
Und ohne auf weitere Antwort zu warten ging er zur Türe,
blieb stehn und fragte noch: »Nicht wahr?«
Wartete wieder die Antwort nicht ab, sondern ging gleich
nach Hause.
So wurde Josef, der Tischler, zum Nährvater Gottes, sorgte
für dich und für mich und für ganze Geschlechter der
Menschen, weil er für eine gesorgt. Schau, nimm dir ein
Beispiel!

Gebet zum heiligen Josef

Man sagt, du bringst den guten Tod.
So bring ihn du auch mir,
Und ruft mich Gott aus meinem Haus,
Komm du an meine Tür!
Der dunkle Engel, den Gott geschickt,
Der haut oft furchtbar drein.
Begleit ihn du
Und red ihm zu,
Er soll recht höflich sein.
Der Engel ist ein großer Herr
Und ich ein kleiner Mann.
Und wär's auch anders – wenn der naht,
Kommt's nicht auf Stellung an.
Er ist bei mir schon angesagt.
Die Boten, die er schickt,
Sind noch ganz brav,
Zu wenig Schlaf
Und daß die Leber zwickt.

Er sagt sich auch durch Freunde an,
Die netter sind als eh.
Sie streiten jetzt nicht mehr mit mir
– Das tut ein bisserl weh.
Sie schaun drauf, was ich essen tu,

Erlauben mir kein' Wein
Und sagen sich:
»Halt sonderlich
Fangt er schon an zu sein.«
Das alles, heil'ger Zimmermann,
Das trägt sich noch ganz gut.
Doch fürcht ich, daß es ärger wird,
Dann nimm mich du in Hut!
Sag du dem Engel: »Faß ihn stad
Bei seiner linken Hand,
Er wird, wirst sehn,
Ganz ruhig gehn
Und ohne Widerstand.«

Dann pack mit festem Tischlergriff
Du meine Rechte an!
Ich geh beruhigter und froh,
Führt mich ein Handwerksmann.
Und laß mich nicht zum Krüppel schlagn.
Geh, das wirst du mir tun!
Es schaut als Leich
So gar nix gleich
Ein Krüppel in der Truh'n.

Man sagt, du bringst den guten Tod,
So bring ihn du auch mir!
Nicht gar zu bald und nicht zu schnell
Führ mich zur Himmelstür!
Wir sind ja fast vom gleichen Fach,
Drum laß das Ende mein,

Wenn's ausgeleimt
Und ausgereimt,
Ein Feierabend sein!

Amen!

Und es ging aus eine Verordnung

Ich weiß einen Teufel, der lebt auf der Welt
Am liebsten versteckt zwischen Akten.
Die stempelt er ab, wenn es Mitternacht schlägt,
Mit dem Hintern, dem scheußlichen, nackten.
Er trägt keine Hörner auf eikahlem Kopf,
Er trägt eine Amtsdienerkappe,
Drauf sitzt vorschriftsmäßig ein rot-weißer Knopf.
Und hinten, da hängt ihm ein riesiger Zopf
Und dran eine Aktenmappe.

Der Teufel hat Ohren von Löschpapier
Gedreht zu spitz ragenden Düten.
Und hast du einmal mit dem Teufel zu tun,
Dann rat ich dir, Freund, dich zu hüten!
Er nennt als sein Heimatland »Hieramts« dir
Und »Wohldorts« die übrige Welt,
Er schreibt große Nummern auf jegliche Tür
Und sperrt sie fest zu schon um fünfe vor vier –
Dazu hat die Höll ihn bestellt.

Und bist du pragmatisch beamtet sogar,
Dann sucht er dich gleich zu verlocken.
Er schleicht in der Amtszeit zum Stuhl dir hinauf
Und wird auf der Schulter dir hocken.

Er flüstert dir zu: »Für dich gibt's nicht Leut,
Für dich gibt's nur lauter Parteien!
Erledige Akten genau wie's dich freut,
Verordne, vertage, vertrödle die Zeit!
Was schiert dich des Volkes Gedeihen?«

Oh, hör nicht auf das, was der Teufel dir sagt –
Es könnte dir übel ergehen!
Es kommt eine Stunde, in der wirst du selbst
Als Partei vor der Himmelstür stehen.
Und einer wird drinnen von amtswegen sein,
Der stellt dir nur wenige Fragen,
Der hat deinen Akt und er schaut kaum hinein
Und schickt dich nach dort, wo kein »Wohldorts« wird sein,
Das kann ich dir heute schon sagen.

Zwei Hofräte sitzen bei Schwefel und Pech,
Sind schon tausende Dienstjahr gesessen.
Die sieden dich erst und sie braten dich dann
Nach eignem und freiem Ermessen.
Dann schafft man nach Zimmer dreisiebzig dich fort,
Da wird man das Weitre erheben.
Das ist ein unheimlicher, düsterer Ort,
Ein alter Sektionschef amtiert meistens dort –
Und da wirst du erst Wunder erleben!

Ich weiß einen Teufel, der sitzt und verknüpft
Dir die Fäden der einfachsten Fälle.
Und willst du ihn fassen, so faucht er dich an
Aus seiner Einlaufstelle.

Der Teufel, der war es, der hat es vollbracht
Mit den Freunden sein, den verdammten,
Daß Josef, der Tischler, durch eiskalte Nacht
Sich verordnungsgemäß auf den Weg hat gemacht
Mit Maria. Gott gnad' den Beamten!

Kleine Leut

Kleine Leut sind Gottes Wiesenblüten.
Kleine Leut, die sind, wohin man schaut,
Brauchen nicht erst sorgliches Behüten –
Kleine Leut sind Gottes buntes Kraut.
Pracht verblaßt und Weisheiten verwehen,
Macht erstirbt und Ruhm deckt bald ein Stein.
Kleine Leute kannst du immer sehen,
Kleine Leute werden immer sein.

Kleiner Leute Leid muß rasch verklingen,
Kurzes Schluchzen in dem Lied der Zeit.
Wenn sie eins hinaus zum Friedhof bringen,
Steht zuhaus die Wiege schon bereit.
Kleine Leute haben kleine Freuden,
Winters Schnee, im Sommer Sonnenschein,
Sonntags sich ein bisserl netter kleiden,
Nach dem Werktag wohlig müde sein.

Große Herren fahren rasch vorüber.
Grade die, die hätten reichlich Zeit.
Kleine Leut – der Herrgott hat sie lieber –
Reisen langsam und sie wandern weit.
Großer Herren Licht sind schlanke Kerzen,
Großer Herren Pläne reichen fern.

Kleinen Leuten strahlt es sacht im Herzen,
Und am Himmel steht für sie ein Stern.

Aber du? Du schaust und willst nicht sehen,
Was der Herrgott schuf und was ihn freut.
Willst, daß sie an dir vorübergehen,
Ohne dich zu stören – kleine Leut!
Und so war's auch damals: unbeachtet
Plagte sie sich schwer durch Schnee und Wind,
Die im Schoße Gott trug. Unbeachtet,
Denn sie war nur kleiner Leute Kind.

WIRTE

Beim Adlerwirt is Musi, beim Adlerwirt sind s' froh,
Da schupfen sie beim Tanzen
Recht fleißig den Popo.
Da drehn sie sich und hüpfen
Und denken nix dabei,
Und zwischendrein
Da kann es sein,
Gibt's eine Rauferei.

Beim Adlerwirt, da klopft es
Zuerst ganz leise an.
Der Adlerwirt ist heute
Ein vielgeplagter Mann.
Beim Adlerwirt, da klopft es,
Das Klopfen wird jetzt laut,
Es ist, als wenn wer mit der Faust
Auf jede Tür im Hause haut.

Beim Adlerwirt is Musi, beim Adlerwirt sind s' froh.
Was kann das sein,
Wer will herein
Jetzt nachts, wer klopft denn so?
Ein Weib steht vor der Türe,
Und mit ihr steht ein Mann –

Das gibt's nicht, daß ein Bettlerpaar
So kräftig klopfen kann.

»Wir kommen nicht zu betteln,
Wir bringen dir als Lohn
Für Dach und Fach und Herberg
Des Herrgotts einz'gen Sohn.
In deinem Haus wird Wohlklang sein,
In deinem Herzen Licht ...«
Der Adlerwirt steht an der Tür:
»Das int'ressiert mich nicht!«
Der Adlerwirt steht an der Tür:
»Hörts, Leuteln, seids doch gscheit,
Beim Adlerwirt is Musi,
Da hat er keine Zeit!«

Der Adlerwirt hat zugemacht.
Hat da nicht einer bös gelacht?
Das Paar trägt schweigend weiter
Den Herrgott durch die Nacht.

Es fällt der Schnee, der weiße Schnee,
Und legt sich auf das Dach.
Es knarret schon, es biegt sich schon,
Der Wirt, der schaut nicht nach.
Es fällt der Schnee, der schwere Schnee.
Es schaut dir keiner in die Höh –
Ich mein, es wird nicht lang mehr sein,
Da kracht der ganze Krempel ein.
Beim Adlerwirt is Musi, beim Adlerwirt sind s' froh.

Beim Donauwirt is dunkel, beim Donauwirt is still,
Der Donauwirt am liebsten
Nur seine Ruhe will.
Er tut nicht gern bedienen,
Das sollen andre tun!
Man hat zur Not
Auch so sein Brot
Und Gulden in den Truh'n.

Beim Donauwirt, da klopft es
Zuerst ganz leise an.
Der Donauwirt ist immer
Ein sehr bequemer Mann.
Beim Donauwirt, da klopft es,
Das Klopfen wird jetzt laut,
Es ist, als wenn wer mit der Faust
Auf jede Tür im Hause haut.

Beim Donauwirt bleibt's dunkel, beim Donauwirt bleibt's still.
»Ein neuer Gast
Wär' eine Last.
Wenn der nur jetzt nichts will!
Und steht wer vor der Türe
Und will wer in das Haus,
Am besten ist's, ich stell mich taub
Und blas mein Nachtlicht aus!«

»Wir kommen, dich zu wecken,
Zu stärken Herz und Blick.
Wir bringen dir in Haus und Hof

Ein neues, helles Glück.
In deinem Haus wird Arbeit sein
Und von der Arbeit Licht!«
Der Donauwirt gähnt laut im Bett:
»Das int'ressiert mich nicht!«
Der Donauwirt gähnt laut im Bett:
»Hörts, Leuteln, seids doch gscheit,
Was soll's bei mir nicht dunkel sein?
Ich schau eh nicht gern weit.«

Er hat die Tür nicht aufgemacht.
Mir scheint, es hat wer leis gelacht.
Sie trugen still vorüber
Den Herrgott durch die Nacht.

Es fällt der Schnee, der weiche Schnee,
Und türmt sich rund ums Haus
Wie eine Mauer, weiß und dumpf,
Und keiner schaut heraus.
Es fällt der Schnee, der stille Schnee.
Es wächst die Mauer in die Höh –
Ich mein, es wird nicht lang mehr sein,
Da deckt das Schweigen alle ein.
Beim Donauwirt is dunkel, beim Donauwirt is still.

Beim »Wilden Mann« gibt's Reden, beim »Wilden Mann«
gibt's Streit.
Da tun s' politisieren,
Da is Versammlung heut.
Da reden Kandidaten

Und andre reden drein,
Ein jeder schreit,
Grad weil's ihn freut,
Als wenn's so müßte sein.

Beim »Wilden Mann«, da klopft es
Zuerst ganz leise an.
So leise klopft sonst niemand
Am Tor vom »Wilden Mann«.
Beim »Wilden Mann«, da klopft es,
Das Klopfen wird jetzt laut,
Es ist, als wenn wer mit der Faust
Auf jede Tür im Hause haut.

Beim »Wilden Mann« gibt's Reden, beim »Wilden Mann«
gibt's Streit.
Hört keiner nicht
Was selbst er spricht,
Und jeder spricht gescheit.
Da muß ein jeder horchen,
Daß er sich selbst versteht,
Daß ihm von seiner Weisheit
Kein Alzerl nicht entgeht.

»Wir kommen, Euch zu bringen
Geduld und Duldsamkeit,
Ein Hören für des Nachbarn Wort,
Ein Trösten für sein Leid.
In Eurer Brust wird Frieden sein
Und Einigkeit im Haus!«

Man hört es nicht, man lacht grad drin
Den Gegenredner aus.

Beim »Wilden Mann« gibt's Reden
Und Streiten ohne End,
Sie brauchen erst zum Raufen
Nur Worte, dann die Händ.
Die Tür hat keiner aufgemacht.
Hörts nicht? Es hat wer laut gelacht.
So trugen sie vorüber
Den Herrgott durch die Nacht.

Und hinterm Berg steht auf ein Wind,
Der kommt bald übers Haus,
Der reißt die Schindeln ab vom Dach
Und reißt die Fenster aus,
Und tanzt und zerrt, der böse Wind,
Bis Falz und Fugen offen sind.
Ich mein, es wird nicht lang' mehr sein.
Da steht vom »Wilden Mann« kein Stein.
Beim »Wilden Mann« gibt's Reden, beim »Wilden Mann« gibt's Streit.

Ganz draußen, nah am Walde, da hebt ein Hügel an,
Im dünnen Unterholze
Wohnt Hase und Fasan.
Der Schnee schmiegt sich ums Hauserl,
Das Hauserl, das steht leer.
Vom Himmel fern
Winkt ihm ein Stern:
»Paß auf, es kommt jetzt wer!«

Ganz draußen, nah am Walde,
Da kommen beide an,
Die junge, müde Mutter,
Mit ihr der alte Mann.
Ganz draußen, nah am Walde,
Da bleiben beide stehn.
Ein kluger Has steht auf und sagt:
»Sollts jetzt nicht weitergehn!«

Ganz draußen, nah am Walde, da hebt ein Hügel an,
Da steht ein Baum
Und wie im Traum
Fangt der zu blühen an.
Es regt sich in der Erde,
Es sprießt das Gras hervor,
Der Wall von Schnee, der teilt sich,
Tut auf sich wie ein Tor.

Ein kleiner, holder Frühling
Ward um das Hauserl wach.
Die Mutter schritt darüber,
Der Alte folgte nach.
Der Has, der macht sein Kompliment,
Es pratzelt der Fasan.
Das Paar tritt in das Haus hinein
Und steckt ein Stumperl an.
Ganz draußen, nah am Walde,
Ging eine Türe zu,
Und eine Amsel sang ein Lied
Von guter Heimatruh.

Der Herrgott nun zur Erde fand,
Ein Engel an der Türe stand
Vor diesem kleinen Haus.
Da ward das Land zum Gottesland.

Oft fiel der Schnee, der kalte Schnee,
Auf unser Land herab.
Oft war es Nacht, ganz dunkle Nacht
Als wie in einem Grab.
Es blies ein Wind, ein böser Wind,
Das Land, das tragt das Herrgottskind –
Ich mein, es wird nicht lang mehr sein,
Da sehn's auch meine Landsleut ein!
Und draußen, nah am Walde, fängt's neu zu blühen an.

An die Nacht in der Fremde

Wenn du vom Berge langsam niederschreitest,
Du liebe Nacht, so still nicht jeden Laut!
Streif mit dem Saum des Mantels, den du breitest,
Daß dunkel er das Dämmern überblaut,
Vom Tag die kleinen Überbleibsel mit!
Ein Vogelrufen und ein Menschenschritt,
Ein Stückchen Lied, von kleinem Streit ein Rest,
Verpolternd in der Stille Einsamkeit, –
Sei nicht zu ernst, bring das als Spielzeug mit
Den Kindern, denen du die Ruh bereitest,
Als Spielzeug, das ihr Wissen, Hören, Denken
Betändelt und dann achtlos von sich läßt,
Wenn sich die Lider langsam niedersenken.
Mir laß im Dunkel einen Hahn noch krähn,
Wie er's zuhaus vor Bauernhöfen tut,
Laß Hundebellen hin und wieder gehn
Wie durch die Gassen eines Dorfs, das ruht,
Daß ich es weiß: Derselbe Mantel fällt
Jetzt dunkel über fernes Heimatland.
Dann lös von meinem müden Blick die Welt!

Kleines Gloria

Glaubts mir, Kinder, es ist die Wahrheit, die Engerln, sie haben über Dornbach gesungen und auch über Grinzing, über Pötzleinsdorf, Salmannsdorf selbst, auch über Krummnußbaum hätt' man sie deutlich gehört und gesehn, wenn man wollte.
Haben gesungen im schneelichten Himmel ein eselstrumm Gloria: »Ehre dem Herrn in der Höh und Frieden auf Erden!«
Haben bei helleren Tönen sich hochauf geschnellt, sind geschlittelt über Triolen herunter und haben bei Trillern sich wie Kreisel gedreht in der Luft, bei pochenden Bässen stampften sie so auf die Wolken, daß diese zerrissen.
Ob sie gerad mit den wenigen Worten, die uns überliefert, sich zufrieden gegeben, das kann ich nicht sagen.
Aber, wenn ich ganz richtig gesehn, so waren die Engel, die ich bemerkte, ja nicht von der Art jener großen, ernsten und heiligen Schar, die rings um den Thron unsres Herrgotts stehen zu ewigem Dienst.
Es gibt nämlich andre, wenn ich so sagen darf, nettere Engel.
Die hat unser Herrgott grade für uns nur geschaffen.
Nun ja, schließlich hat er selbst uns gemacht, wie wir sind mit unseren Augen und Ohren, unserem Herzen und unserer Seele, und wird auch uns entsprechende Boten

und uns verständliche Botschaft grade für uns erschaffen haben und senden.
Unsere Engel also, die tragen nicht lange Gewänder, stehen auch nicht nur herum, die fliegen und schließlich – hören S' halt weg, Fräulein Kathi, wenn's Ihnen gar so genant ist – haben s' nix an, diese Engel – ich mein, außer Flügeln – haben rosige Zecherln, rosige Fersen, und rosig sind sie auch weiter hinauf und hinten.
Entschuld'gen!
Nur nicht gleich an was Schlechtes denken!
Die Engel sind Kinder, bunkerte, blonde, zufriedene, fröhliche Bauxerln.
Wissen Sie was, Fräulein Kathi?
Sie brauchen mir nicht zu glauben!
Gehn Sie hinein ins Museum, da können Sie's sehen.
Kremser Schmidt hat sie oft porträtiert, und Rafael Donner hat von ihnen in Blei eine ganze Menge gebildet, der von Erlach, der Fischer, der Baumeister, hat auch veranlaßt, daß man in Stukkatur ihre Bilder ganz oben über den Hochaltären befestigt.
Dort kleben sie heut noch, angepickt an des Herrgotts Thron mit der Rundung, die, zweisilbig zu nennen verboten, zweibackig zu schaun ist.
So, Fräulein Kathi, jetzt werden Sie's hoffentlich glauben, daß ich nicht lüg, wenn ich sage: Das erste Gloria der Weihnacht sangen die lustigen Engel von Wien, Nackerpatzerln.
Gibt es denn überhaupt andere Engel?
Das kann ich nicht sagen.
Nun, der Herrgott ist gütig, so steht es geschrieben,

also gibt es vielleicht auch Engel aus Breslau und Beuthen, Chemnitz und Gleiwitz und Jüterbogk – kann man es glauben?
Fallt es auch irrsinnig schwer, die Kirche hat es befohlen!
Alles ist möglich bei Gott, so steht es geschrieben,
Alles! und »Alles« heißt wirklich auch A l l e s in dem Fall und folglich gibt es am Ende vielleicht auch berlinische Engel!
Reden wir rasch von was anderm.
Es sangen also die Engel, unsere Engel, sie sangen für Wien und Umgebung, sangen und schwangen sich hoch und schnellten sich quer durch die Wolken, rosig im Blauen der Nacht und hell in der Stille, klatschten die Hände und sangen und hielten dann stille und sangen, fuhren wieder empor und sangen und schauten andächtig nieder zur Krippe und sangen und lachten und sangen, brachen und fanden den Rhythmus und sangen und sangen.
Österreichs Engel, ihr kleinen, ihr frohen, zufriedenen, frommen, Österreichs Engel, o singt über Österreichs Himmel, singt hernieder zu uns, wir sind so arm und so elend, daß wir selber verstummen, wenn ihr uns nicht vorsingt.
Jubiliert, bis wir aufwärts blicken zum klingenden Himmel aus der schweigenden Schlucht der dumpfen Verzweiflung.
Auf zum lichten Gesang der neuen, frohen Verheißung,
auf aus der Stille des Todes zum Gloria des Lebens!
Österreichische Engel, ihr Weihnachtsengel der Erde,
singt sie wieder, die österreichische Botschaft, singt sie wieder, der Welt als Mahnung, zum Trost und zum Trotze:
»Ehre dem Herrgott im Lied, in der Schönheit, der Liebe!

Ehre dem Herrn in der Höhe und Frieden, Frieden auf Erden!«
Oder schweigt ihr auf immer, dann laßt auch mich schweigen, denn ich kann und ich will nur das eine Gloria singen, dessen Weise nur ihr kennt, Engel der Heimat. Eure Stimme muß führen, ich zupf ja nur die Begleitung, sinnlos für den, der das Lied meiner Heimat nicht mithört, sinnlos dann auch für mich – und wird mein Geklimper erst sinnlos, sagt, was bleibt mir dann noch, dann ist es ja besser …
Was hab ich sagen wollen?
Ah ja: Ich kann nicht beschwören, daß in den Wolken die Buben so kirchlich gewesen wie man's von Engeln vielleicht mit gutem Rechte erwartet.
»Ehre dem Herrn in der Höh!« das sangen sie sicher, »Friede auf Erden!« dazu, auch das scheint mir ganz unbestreitbar.
Aber wie sie das sangen? Das ist schon was andres. Schau ich die Bilder mir an, von denen ich eben gesprochen, kann ich die Freude der nackerten, rosigen Tschaperln nicht liturgisch mir denken und nicht in symbolischem Tonfall wie die Freude des Pfarrers am Altar zu Ostern, und lateinisch schon gar nicht – die Buben sind höchstens zehn Jahr alt, da man mit »mensa« grad anfangt und »amo«, dem Verbum, das man so gut konjugiert und so falsch im Leben verwendet.
Also, die Engerln, die haben das fröhliche Lied gesungen, und wie sie so sangen – das hab ich vergessen zu sagen – zitterte jeder der Töne im himmlischen Raume.
Und da er kam aus unsterblicher Kehle, so war er

unsterblich, und da er kam von gewichtlosem Sänger, so war er selber gewichtlos, der Ton, und für menschliches Ohr nicht vernehmbar.

Aber die Botschaft, die wollten die rosigen Lauser uns, den Menschen, vorsingen, sie wollten sich gern produzieren, wie eben Kinder schon sind, und sie waren doch Kinder, und der Vater war einverstanden.

Er war ja jetzt Vater.

Und so kleidete sich jeder Ton dieses Jubels oben am Himmel in Irdisches, wurde zum singenden Vogel, der, ein Träger des Wohllauts, gleitend und jubelnd niedersank über Wien und in Wien verblieb, weil's ihn freute.

Und die Enkel der kleinen, befiederten Töne leben noch immer bei uns.

Oder habt ihr noch niemals am Abend Amseln gelauscht in den Parkanlagen, noch niemals Freude gehabt an dem Jubel der Spatzen im inneren Burghof, Drosseln gehört in Dornbach, am Heuberg die Lerchen?

Habt ihr aber geschaut und gehorcht, wie ich es getan hab, geht dann hinein in eine der Kirchen, vergleichet, was ihr gesehn und vernommen mit jenen Engeln aus Stucco, deren frohlockender Reigen den Altar umjubelt, denkt euch: »Jetzt singen die auch!« – na, dann habt ihr klar die Verwandtschaft zwischen den Vogerln von Wien und dem Gloria der Engel.

Noch etwas will ich erzählen.

Der Herrgott nämlich, der eben Vaterfreuden genossen, war darum so heiter, daß Er die Wandlung von Engelstönen zum Singen der Vögel nicht nur schweigend gewahrte.

Er tat's sogar lächelnd.

Lächelnd sah er dem Fluge der Vogerln nach bis zur Erde.
Und so sank Gottes Lächeln auf Wien und seit damals,
weil es doch ging um das Irdischwerden himmlischer
Töne, klingt durch jegliches Singen und Freuen und
Lärmen etwas vom Himmel in Wien.
Es lugt durch den wildesten Wirbel leise ein Lächeln des
Himmlischen Vaters.
Wir haben sozusagen an seiner, den Kinder-Engeln
gegeb'nen Sondererlaubnis ein bisserl Anteil bekommen.

Ja, wir dürfen uns freun, denn in unserer Freude ist Singen!
Ja, wir dürfen sogar ein bißchen zu laut sein, und das
haben wir alles, das wollt ich die ganze Zeit sagen, jenen
Gloria-Engeln, den kleinen, zu danken.
Diese sangen die Nacht durch, sie schwebten und lachten
am Himmel, führten so auf, daß der Mond aus den
Wolken herauskam, »Ruhe!« rief und sich grantig
zurückzog, um weiter zu schlafen.
Führten so auf, daß es schien – ich sag es nur ungern –
führten so auf, als ob sie vom besten der Heurigen kämen.
Doch es war nur die Freude.
In Wien und im Himmel braucht man nicht Wein und
nicht Bier, nur Freude, um rauschig zu werden – doch
wird gerade in Wien der Wein mehr bevorzugt –, führten
so auf, die Engerln mein ich, und sangen und lachten, bis
die tiefblaue, dicke, nächtliche Decke dünner wurde und
dünner zum grauen Nebel des Morgens.
Dann war's ihnen mit einem Mal kalt.
Sie bemerkten, daß sie zu lange gedraht.
So geht es auch anderen Geistern.

Einmal versuchten sie noch ein Lied und ein Tänzchen, doch es gelang nicht so recht.
Man sah allzu deutlich die Erde, sah die Armut des Kindes im Stall und der Mutter, sah das Menschengeschlecht mit gebeugten, lastenbereiten Schultern zum Tagewerk gehn und schämte sich etwas.
Mit unsicheren Füßen, ein wenig gespreizt und auf Wolken heimlich sich stützend wandten die Engerln sich um, und das alltägliche Grau mit rosigen, hinteren Bäckchen wie mit dem Schimmer der Hoffnung auf weitere Freuden lieblich verklärend entschwand man.
Die Irdischen blickten zum Himmel, sagten: »Der Tag wird heut schön!« und gingen zur Arbeit.
Und so endete still und doch freundlich das kleinere Gloria, das, welches mir, dem kleineren Sänger, verliehn war, deutlich zu sehn.
Vom großen verkündeten längst schon die Großen, Wolfgang Mozart und Franz Seraphicus Schubert, Hofhaimer, Haydn – Josef und Michael –, Beethoven, Bruckner.
Ehre sei Gott in der Höh, daß er die uns gesandt hat.
Ich aber schweige beschämt vor dem lächelnden Antlitz des Schöpfers und vor denen, die so Seine Schöpfung gepriesen.
Nein – ich muß noch was sagen, ihr Kinder, ich hab's euch versprochen: Was die Engerln sangen die Heilige Nacht durch?
Nun, trotz warnendem Blick und ermahnendem Wort meines Bischofs, da ihr es unbedingt wollt, so muß ich's euch sagen.

Erst, da sangen sie ernst und entsprechend dem heiligen Stile, denn sie wollten zuerst für die ganze Welt singen, Ich hab's deutlich gehört und wollte liturgisch berichten, was ich vernommen, berichten allen und jedem.
Dann aber blickten sie nieder aufs holde Land an der Donau, sangen dann diesem allein.
Auch solches vernahm ich.
Glaubt mir, hell war ihr Lied, doch nicht heller, als Tränen der Sehnsucht milde leuchten.
Ihr Glanz verklärte das Entfernte, macht, was unschön und wahr ist, zur Lüge.
Was unwahr und schön ist, täuscht er zu lieblicher Wahrheit.
Und in dem Gewirre, in diesem Spiel des holden Betrugs ist wahr nur die Sehnsucht.
Hab' ich zuviel jetzt verraten ...?
Die Engerln also sangen liturgisch zuerst, das ist klar, es waren ja Engel, später sangen sie Lieder, erst kirchlich, dann weltlich, dann aber, Kinder – und das vermag ich euch nicht zu beschreiben, dazu fehlt's mir an Leichtsinn, an Jugend und Dummheit –, dann – ich mißbillige nicht, was sie taten, ich kann's nur nicht nachtun, dann – so gegen halb viere – sie haben gedudelt!

Die Hirten

Die kleinen Engel sangen
Der Flurschütz hat's gehört.
Der hat's den Nackerpatzerln
Von amtswegen verwehrt.
Denn erstens, meint der Flurschütz,
Soll man des Nachts nicht schrein
Und dann gehört ein jeder Mensch
In ein Gewand hinein.
Und drittens sagt der Flurschütz:
»Ich weiß noch nichts davon!«
Und viertens fragt der Flurschütz
Nach einer Konzession.

»Uns ist ein Kind geboren!«
Die Engel rufen's laut,
»So ist es allen Menschen
Auf Erden anvertraut.
Ein Kind ward uns geboren
Und so der ganzen Welt!«
»Für so was,« drauf der Flurschütz meint,
»Hab ich nicht Zeit noch Geld!«
Da merkten erst die Engel,
Wie dumm die Menschen sind.
Sie sangen fröhlich weiter

Der Mutter und dem Kind.
Der Flurschütz ist gegangen.
Da fiel ihm plötzlich ein,
Es war ja auch ein Lichterl
Im kleinen Haus am Rain.
»Mir scheint«, so denkt der Flurschütz
Und kratzt den Kopf dabei,
»Es is was los! Am besten is
Ich meld's der Polizei.«
Er hat ihn bald getroffen,
Den Wachmann vom Revier.
»Herr Wachmann«, sagt der Flurschütz,
»Ich redert gern mit dir!

Hör zu jetzt, Herr Inspektor,
Ich hab ein Lichterl g'sehn,
Es war schon mehr ein Leuchten,
So gegen halber zehn
Im Häuserl drunt beim Hügel,
Wem's g'hört, das weiß man nicht,
Das Lichterl – hätt ich fast gesagt –
Das war schon mehr ein Licht!«
Der Wachmann schreibt's ins Büchel:
»Damit wir uns nicht irr'n,
So geh ich gleich hinunter,
Ein bisserl perlustrier'n.«

Es waren dazumal noch
Viel' Herden rings um Wien
Und zu den Hirten ging er,

Der Wachter, jetzt gleich hin.
»Hörts zu jetzt, meine Herren!«
Der Wachter salutiert,
»Ich bin der Wachinspektor hier,
Der alles inspiziert.
Zum Beispiel, dieses Feuer –
Erlaubt is so was nicht!
Doch diesmal laß ich's gut sein,
Ganz gegen meine Pflicht.

Ich lass es diesmal gut sein,
Ich hab es nicht gesehn.
Doch müßt ihr jetzt, ihr Gscherten,
Mit mir amtshandeln gehn.
Ein Weib in andre Umständ –
Ich mein, sie kriegt ein Kind –
Mit einem Mann – ich hab's bemerkt,
Daß Sie vazierert sind –,
Die haben sich dort unten
Logiert für heute Nacht
Und unbefugter Weise
Ein Feuer sich gemacht.

Auch haben s' sicher keine
Legitimation.
So was, das darf's net geben
Dahier, in mein' Rayon.
Ich tu euch gar net brauchen,
Das redts euch ja nicht ein!
Doch besser is, wir gehn zu viert

Als grade nur zu zwein!«
So wurden sie gerufen,
Die Hirten zu dem Kind,
Für Arme oft die Boten
Statt Engel Wachleut sind.

Zwei sind vorausgeschritten,
Und zweie hintendrein.
So sind sie denn gezogen
Grad in den Wald hinein.
Die zwei, die hinten gingen,
Die waren schon recht alt.
Sie blieben bald ermattet stehn
Im hohen Schnee im Wald.
So standen sie im Walde,
Die Hirten alle zwei,
Gestützt auf ihre Stecken,
Und dachten allerlei.

Und wie sie so gerastet,
Da streicht ein Widerhall
Vom Freudenlied der Engel
Herunter in das Tal.
Die beiden alten Hirten,
Die horchen still dem Chor.
Sie hörten, wie man hören soll,
Mit Herzen und mit Ohr.
Die Engel sangen weiter,
Die Hirten hörten zu.
Dann sagt der eine Hirte

Zum anderen Hirten: »Du,
Du, hörst«, so sagt er langsam,
»Weißt net, bei uns zuhaus
Da bringt man was ans Kindbett,
Sonst richt' man einen aus!«
»Ja, ja«, so meint der Hirte,
»Ich b'sinn mich ganz genau.
Von Krapfen eine Schüssel voll
Bringt man der Wochenfrau.
Und der dort unt im Hauserl,
Der wär' das sicher recht,
Weil s' sicher statt ein Schwarzbrot
Gern Krapfen essen möcht'.«

So sprach der eine Hirte,
Der andre sprach: »Wohl, wohl!«
Doch keiner wußte, wo man
Die Krapfen finden soll.
»Die Bockerln von den Tannen«,
Der eine Hirte spricht,
»Die sind halt, wie man's dreht und wend't,
Gwiß keine Krapfen nicht.«
»Der Schnee«, so sagt der andre
Und nickt dazu gescheit,
»Ist auch kein weißer Zucker,
Den man auf Krapfen streut.«

Die Engel sangen lauter,
Da hat der Hirt gelacht.
»Mir ist«, sagt er verwundert,

»So narrisch heute nacht,
Mir ist, als wär' von heut an,
Was immer man auch tut,
Wenn man's für arme Leuteln schafft,
Zu irgend etwas gut.
Ich mein, ich muß was machen,
Aufs Gscheitsein pfeif ich drauf.
Ich weiß halt gar nichts andres –
Ich klaub die Bockerln auf.

Die bind ich in mein Tüchel,
So viel als ich hier find,
Und bring sie mit als Weisel
Der Mutter und dem Kind.«
Er bückt sich und er klaubt sie,
Die braunen Bockerln, ein.
»Die werden, sind s' zu sonst nix nutz,
Dem Kind ein Spielzeug sein.«
Den Engerln hoch am Himmel
Hat das viel Spaß gemacht.
Die beiden alten Hirten,
Die gingen durch die Nacht.

Der eine sprach zum andern:
»Jetzt weiß ich nicht, warum –
Mir scheint, das mit den Bockerln
Ist nicht einmal so dumm.«
Der Alte, der blieb stehen,
Er hob noch Bockerln auf.
Der andere hilft und streut dann

Ein bisserl Schnee darauf.
»Das sind jetzt unsre Krapfen!«
So ruft er scherzend aus,
Da waren sie schon unten,
Da waren sie beim Haus.

Die Türe, die war offen,
Da blieben beide stehn.
Sie sahen, was man wirklich
Nur selten kriegt zu sehn.
Sie sahen, was noch keiner
Gesehen hat in Wien,
Sie sahen einen Wachmann still
Vor einem Kinde knien.
Und gleich dabei, da kniete
– Ich schwör euch, es ist wahr! –
Ein Ochs, der in der Andacht
Dem Wachmann ähnlich sah.

Dann war dort auch ein Esel
Und neben diesem kniet
Der Flurschütz mit dem Hörndel
Und blast ein Schlummerlied.
Der eine junge Hirte
Beim heilgen Josef stand
Und drückt ihm heimlich, stumm und still
Zwei Kreuzer in die Hand.
Der andre kramt verlegen
In seinem Sack herum
Und weil er drin nichts findet,

So schaut er furchtbar dumm.
Ein Bäck in weißer Schürze
– Kann das denn möglich sein? –
Bracht' grade eine Semmel
Und die war gar nicht klein.
Der Wirte drei, die haben
Das Kinderl auch verehrt,
Und dazu braucht es allerhand,
Bis sich ein Wirt bekehrt.
Und doch war nichts zu sehen
Als wie ein mildes Licht,
Das kam von keiner Kerzen,
Und Glühbirn' gab es nicht.

Es kam von keiner Kerzen,
Und Glühbirn' gab es nicht.
Ein jeder trug das Leuchten
Im eigenen Gesicht.
Das Kind in seiner Krippe
Hob langsam seine Hand –
Da fing es auch zu leuchten an
Ganz hinten, an der Wand.
Dort sind noch zwei gestanden,
Ein Mädel und ein Mann,
Und wer die beiden waren,
Das geht euch gar nichts an.

Nur eins will ich verraten:
Die haben das gesehn,
Was ich euch jetzt berichte

Und was dann noch geschehn.
Die beiden alten Hirten,
Die sagten ihren Gruß,
Dann traten sie zur Tür herein –
Es zögerte ihr Fuß.
Dann machten sie ein Buckerl
Nach rechts und links im Haus,
Dann packten sie behutsam
Die braunen Bockerln aus.

Sie hielten ihre Tücheln
Gebreitet vor sich hin.
»Es sind«, so sagten beide,
»Halt nichts als Bockerln drin.«
Doch wie sie beide hinsehn,
Den Augen sie nicht traun,
Da waren ihre Tücheln voll
Von Krapfen, frisch und braun,
Der Schnee war lauter Zucker. –
Hoch oben in der Luft,
Da schwiegen jetzt die Engel
Und schnupperten den Duft.

Maria hat gelächelt,
Der Josef hat gelacht,
Das Kinderl hat gegriffen
Wie's jedes Kinderl macht.
Der Wachinspektor schmunzelt
Und seinen Schnurrbart dreht,
Der Flurschütz irgend etwas von

Verzehrungssteuer red't.
Seit jener frohen Stunde,
Das ist doch wohl bekannt,
Wird jenes kleine Walderl
Das Krapfenwaldel gnannt.

Drei Könige gehen mit dem Stern

Der König Kaspar, der bin ich,
Das hier, das ist mein Reich,
Und mir gehört nebenbei
Das Land rechts oben gleich.
Und auch das Land links unten steht
Im Grundbuch drin als mein.
Um abzurunden steckt ich auch
Das in der Mitten ein.
Ich bin der König Kaspar und
Ich bin ein Potentat.

In meinen Ländern bin ich all's –
Kurzum, ich bin der Staat.
Ich bin Minister für den Krieg,
Für Arbeit und Finanz,
Für Inneres und Äußeres,
Für Sport und Eleganz.
Ich bin Minister für Justiz,
Minister für Verkehr,
Für Unterricht und Übersicht,
Für Ackerbau und Heer.
Bin General und Feldmarschall,
Und wird mir das zu fad,
So misch ich mich halt unters Volk

Als kaiserlicher Rat.
Und wo ich geh und wo ich steh,
Streut man mir Weihrauch gern.
Ich bin der König Kaspar und
Herr über alle Herrn.
Nur eins, das bin ich leider nicht
Und das macht mir viel Pein:
Ich möcht in meinem eignen Haus
Auch der Hausmeister sein.
Ich möcht mich grüßen in der Früh,
Aufsperren meine Tür,
Möcht gerne machen jeden Tag
Ein Kompliment vor mir.
Drum, liebe Leut, beneidts mich nicht,
Ich bin ein armer Mann,
Den einen Posten, den ich möcht,
Ich nimmer kriegen kann.
Drum pfeif ich auf mein großes Reich,
Drum folge ich dem Stern,
Der Weihrauch, der ist mir nichts nutz,
Ich opfre ihn recht gern.
Vielleicht, wenn ich am Kripperl knie,
Da find ich meine Ruh.
Und wem's so geht, wie mir es geht,
Der knie sich rasch dazu!

Ich bin ein König voller Schneid,
Der König Melchior.
Ich bin ein Gigerl, bin ich auch
Ein rabenschwarzer Mohr.

Ich hab an siebentausend Fraun,
So will es das Gesetz,
Und dem gehorch ich auch recht gern,
Denn das ist eine Hetz.
Die Dirndeln gehn mir alle zu
Und ich steig ihnen nach,
Ich schau sie an, sie schaun mich an –
Das ist so unsre Sprach.
Die reichen kriegen einen Schmuck,
Die armen nur ein Kleid,
Die einen werden kommandiert,
Den andern macht es Freud.
So ist's mir recht. Auf kurze Zeit
Komm ich mit jeder aus.
Und spür ich, mir wird eine treu,
So schick ich sie nach Haus.
Denn Weiber sind wie Myrrhenkraut,
Erst bitter und dann süß,
Dann wird es fad, man fühlt sich müd
An Händen, Kopf und Füß.
Mein sind die ganzen Fraun der Welt
Ob s' dick sind oder dünn,
Ob s' blond, ob s' braun, ob s' scheckert sind,
Weil ich der Melchior bin.
Nur grade eine hätt ich gern
Und das macht mir viel Pein,
Denn grade die bekomm ich nicht
Und die red ich mir ein.
Die müßt' nicht eine Schönheit sein,
Nicht klug, nicht talerschwer,

Die Hauptsach wär für mich, daß sie
Noch nicht geboren wär.
Drum, liebe Leut, beneidts mich nicht!
Ich bin ein armer Mann.
Das eine Dirndel, das ich möcht,
Ich nimmer kriegen kann.
Drum pfeif ich auf das Myrrhenkraut,
Drum folge ich dem Stern,
Mir sind die Weiber all nix nutz,
Ich schenk s' euch, meine Herrn.
Vielleicht, wenn ich am Kripperl knie,
Da find ich meine Ruh.
Und wem's so geht, wie mir es geht,
Der knie' sich rasch dazu!

Ich bin der König Balthasar
Und ich hab Geld wie Mist.
Der ganze Reichtum dieser Welt
Mir zugesprochen ist.
Ich habe Banken hier und dort,
Fabriken da und hie,
Ich bin der Türk vom Türkenlos,
Die Klass der Lotterie.
Die Eisenbahnen aller Welt
Und auch die Post sind mein,
Ich bin's, der Bankozettel druckt,
Ich hab das Pfand vom Schein.
Das kleine Lotto, das bin ich,
Ich bin – ihr ahnt es schon –
Auf jedem Schild die »Compagnie«,

»Gebrüder« und der »Sohn«.
Ich nehm den Zoll, führt wer was ein,
Die Steuer, führt er aus,
Und leg mich, wenn ich müde bin,
Als Hypothek aufs Haus.
Was auch ein andrer haben mag,
Es ist geliehn auf Frist,
Weil alles Geld auf dieser Welt
Ja doch mein eigen ist.
Drum könnt ich nehmen, was ich will,
Und haben, was mich freut,
Und hab ich das und tät ich's tun,
Dann gäb's nur arme Leut.
Nur eines ist mir nicht bestimmt
Und das trübt mir den Sinn:
Es ist unmöglich, daß ich je
Beim Schnapsen was gewinn.
Denn hab ich auch nichts als Atout
Und geht der andre ein,
Er zahlt ja nur mein Geld an mich,
Denn alles Geld ist mein.
Drum, liebe Leut, beneidts mich nicht,
Ich bin der arme Mann,
Der mit dem besten Blatt der Welt
Nie was gewinnen kann.
Drum pfeif ich auf mein Kapital,
Drum folge ich dem Stern,
Mein ganzes Gold ist mir nix nutz –
Mir kann's gestohlen werd'n.
Vielleicht, wenn ich am Kripperl knie,

Da find ich meine Ruh.
Und wem's so geht, wie mir es geht,
Der knie' sich rasch dazu!

Wir alle drei sind Könige
Und sind doch arme Leut,
Denn was wir haben, freut uns nicht,
Uns fehlt, was uns erfreut.
Uns fehlt zwar zur Zufriedenheit
Nur ganz ein kleines Stück,
Doch grade dieses fehlt uns halt
Und das trübt unser Glück.
Denn wenn was fehlt, das ist gewiß,
Dann ist es völlig gleich,
Ob's nur ein Kabinettel ist,
Ob's gleich ein ganzes Reich,
Ob jetzt von allen Frauen der Welt
Grad eine nicht ist dein,
Ob du bei deiner bleiben mußt
Und möchtst bei tausend sein.
Ob dir ein Gulden fehlt zum Zins,
Es schmerzt nicht mehr, mein Sohn,
Als wenn dir grad ein Sechserl fehlt
Zur fünfzehnten Million.
Und lädt der Huber dich nicht ein,
Es gift' dich wie den Herrn,
Den man beim Hofball übergeht
Trotz seinem Ordensstern.
Das, was du willst und hast es nicht –
Es bleibt ja doch egal,

Ob's andern groß scheint oder klein –
Dir fehlt's auf jeden Fall.
Wir haben einen Stern gesehn,
Ein Lichterl ging uns auf:
Man braucht nur, was man wirklich braucht,
Das andre kriegt man drauf.
Und kriegt man's nicht, so hat man's nicht,
Ein Narr, wer sich drum kränkt.
Denn glücklich ist nicht, der was hat,
Nur der ist's, der was schenkt.
Drum bringen wir die Gaben her
Vom fernen Morgenland,
Und darum sind wir Könige
Als Weise auch bekannt.
Ich rat euch, sucht mit uns das Kind
Und mit dem Kind die Ruh.
Und wenn wir jetzt am Kripperl knien,
Dann kniet euch rasch dazu!

Grosses Gloria

Drei Lehrer standen beisammen
In jener hochheiligen Nacht,
Die haben geplauscht miteinander
Und haben gescherzt und gelacht.
Es war in der Mitte der Straße,
Sie wollten nach Hause gehn,
Die Nacht war kalt, aber windstill,
Der Himmel war dunkel und schön.
Und wie die Lehrer so reden
Von Schule und Buben und Pflicht,
Da war es, als stieg' in der Nähe
Zwischen Häusern nach oben ein Licht.
Es stand ganz breit auf dem Boden,
Ward schmäler und schmäler dann,
Es ragte zwischen den Sternen
Wie ein Weiser zum Himmel hinan.

Und als wie ein Turm dieses Leuchten
Grau-hell gegen Dunkel stand,
Da ward ein Licht in dem Leuchten –
Ein Engel in weißem Gewand.
Der trug seine mächtigen Schwingen
Hoch über dem Haupt himmelan,
Er schwebte nieder zur Erde

Und sang wie's ein Engel nur kann.
Es klang erst ganz leise und lieblich,
Das war, als sing er die Ruh
Dieser heiligen Nacht. Es hatte
Der Engel die Augen zu.
Doch dann erwachte sein Schauen,
Da sang er schwer und tief,
Es war, als wenn aus der Ruhe
Eine heilige Botschaft rief'.

Dann spannte zu breitem Umfangen
Der Engel die Flügel aus.
Es sang da aus seinem Liede
Das Sehnen der Nacht heraus,
Das Leiden und Lieben der Menschen,
Die Unruh von Wasser und Wind,
Das Beten und Hoffen und Wandern
Und Schritte, die müde sind.

Dann schwieg der Engel. Es schlugen
Seine Flügel nur einmal und weit,
Und aufwärts im Bogen entschwebt er
Zur blauenden Ewigkeit.
Der grau-helle Weiser verschimmert
Im Nebel, den trug es empor.
Die Lehrer, die standen und schauten
Und kratzten sich hinter dem Ohr.

Der eine begann: »Herr Kollege,
Ich weiß nicht, mir ist was geschehn!

Ich hab da ganz nah an der Ecke
Einen wirklichen Engel gesehn.
Und der Engel, der hat was gesungen,
Und sein Liederl war einfach und schlicht –
So was könnte ich selber auch schreiben,
So singen doch Engel nicht.«

Und der andere meinte: »Herr Lehrer,
Das kann doch nur Täuschung sein!
Doch mir ist es ähnlich ergangen
Und ich trank nur ein Vierterl Wein.
Nur sang mein Engel nicht einfach,
Sondern kontrapunktisch sehr schwer,
Und es war keineswegs nur ein Liedel,
Es waren deren viel mehr!«

Und der dritte, der wollte was sagen,
Doch er stotterte erst nur herum,
Er putzte dabei seine Brillen
Und flüsterte leise: »Zu dumm!«
Dann zuckte er rasch mit den Achseln:
»Na ja, ich hab auch was gesehn,
Aber was ich dazu noch gehört hab,
Tut auf keinerlei Kuhhaut gehn.

Also ist das Ganze nicht möglich,
Denn in fünf, sechs Minuten kaum
Ist nicht Zeit, ein Leben zu singen
Voll Liebe und Leiden und Traum!«
Da kam die Gewölbwach gegangen,

Die sagte: »Es ist schon recht spät
Und Zeit, daß ein Lehrer und Bürger
Nach Haus in sein Flohtrücherl geht!«

Dem erzählen die Lehrer die Sache.
Der Wächter, der lächelt und spricht:
»Ja, ja, das sind so Geschichten!
Man erlebt s' und erlebt sie doch nicht.
Dafür gibt es keine Erklärung
In unserer heutigen Zeit –
Schon gar nicht nach nur einem Viertel,
Da ist man sonst lang nicht so weit!«

»Aus der Sach«, meint der erste der Lehrer,
»Auch wenn wir sie selbst nicht verstehn,
Mag vielleicht unsern Kindern und Enkeln,
Kommt die Zeit, ein Lichterl aufgehn.
Gute Nacht, Lehrer Schubert, und pfüat di,
Lehrer Bruckner!« hat er dann gesagt.
Die zwei andern: »Gut Nacht, Lehrer Gruber!«
Sie gingen. Dann hat es getagt.

Und so wie's der eine gemeint hat
Geschah es. Nach Tagen und Jahr,
An ihren Kindeskindern,
Da wurde sein Sprücherl erst wahr.
Da waren wieder drei Lehrer
Und von diesen dem einen gelang
Nur ein einziges, ewiges Liedel,
Das die heilige Weihnacht besang.

Dem andern, dem hat es die Orgel
Und der Sterne Lied angetan.
Der sang seinem Herrgott und liegt jetzt
Zur Ruh in Sankt Florian.
Doch der dritte sang Leben und Wandern
Und Leiden und Lustigsein.
Der tat den Menschen auf Erden
Seine hunderte Liedeln weihn.

Und müßt ich euch mehr noch erzählen,
Das wär' eine Eselstrumm Schand!
Denn was d i e drei Lehrer gesungen,
Ist das Gloria für unser Land.

Vor einer Krippe

Ich will zum Kinde beten!
Vor seinem milden Schlummer knie ich nieder.
Ein Atem wie von dieser kleinen Kuh
Streicht wie ein warmer Segen meinen Scheitel.
Die Kirche hinter mir ist weit von Ruh.
Ich will zum Kinde beten.

Sieh, es ist so:
Ich habe viel erstrebt, gehofft, gestritten,
Viel leis begehrt und vielem laut entsagt,
Und bin nun müd, als hätt' ich viel gelitten.
Ich bin so müd! Sag, was geschah mir, du?
Bin ich denn wund nur von der Wünsche Stoß
Und leer von allzu vollem Leben?
Sieh, es ist so!

Ich fühle nur vertrauensvolle Ruh,
Als wenn ich schliefe, wissend, daß ich schlafe
Wie in der kleinen Krippe du.
Laß es so währen! Spare mir das Beben
Des Schrecks, erkenn ich: »Nun ist es vorbei!«
Ich fühle nur vertrauensvolle Ruh.

Ich bete nicht zu dem, der mächtig ruft
Im Sturmwort der Propheten,
Im großen Klang der Jubellieder.
Ich habe dich erwählt, den Hirtenflöten
Durch segensmilde Nächte preisen,
Zu dem nicht Blitze, sondern Sterne weisen,
Du Kinderbote, Gott von allem Leisen!
Ich bete nicht zu dem, der mächtig ruft.

Sieh! Mir ist endlich still, du. Laß es so!
Das ist mein Beten und es ist zu Ende.
Nun nimm mein Herz in deine Kinderhände
Und bett es in der Demut Gold
In deiner Krippe Stroh.
Sieh, mir ist endlich still. Du! Laß es so!

Türkischer Marsch

Bin Bimbaschi Barrabas!
Barabutschi! Barabutschi!
Und das heißt schon wirklich was,
Barabutschi! Barabutschi!
Bin ich nicht ein fescher Mann?
Schau mich nur die Fräulein an!
Barabutschi, barabutschi, barabutschi nocheinmal!«
Also sprach an einem Abend,
Nah bei Grinzing vor dem Tor,
König Melchiors Stabsfeldwebel
Und man lieh ihm gern ein Ohr.

Fräulein Mizzi ist errötet,
Barabutschi! Barabutschi!
Hat dann sittsam leis geflötet
Barabutschi! Barabutschi!
»Gehn S', mir scheint, Sie sind ein Schlimmer!«
Und dann nahm sie ihn aufs Zimmer.
Barabutschi, barabutschi, barabutschi nocheinmal!
Was sich dorten zugetragen
Kündet weder Schrift noch Wort.
Doch man sah, es ging der Türke
Morgens drauf recht fröhlich fort.

Also hat es angefangen.
Barabutschi, Barabutschi!
Der Bimbaschi strich den langen
Barabutschi! Barabutschi!
Schnurr- sowie auch Knebelbart,
Denn das war so seine Art.
Barabutschi, barabutschi, barabutschi nocheinmal!
Jeden Sonntag tat von nun an
Barrabas zur Liebsten gehn.
Wochentags sah man am Abend
Ihn mit ihr im Haustor stehn.

Sie war Köchin bei Frau Gudel.
Barabutschi! Barabutschi!
Bracht' ihm manchen Apfelstrudel
Barabutschi! Barabutschi!
Den sie heimlich reserviert.
Er hat sich dann revanchiert.
Barabutschi, barabutschi, barabutschi nocheinmal!
Doch die Gudels, sehr präzise
Und darum ein Wechselhaus,
Schmissen nicht servierter Strudel
Wegen die Marie hinaus.

Ohne Strudel ist das Lieben
Barabutschi! Barabutschi!
Oft im Leben ausgeblieben.
Barabutschi! Barabutschi!
Und die Mizzi harrt umsunst
Auf des Türken Liebesgunst.

Barabutschi, barabutschi, barabutschi nocheinmal!
Andre Mädchen gibt es viele
In der schönen Wienerstadt.
Der Bimbaschi sucht nach einer,
Die ihm was zu bieten hat.

Für den Magen, für die Augen,
Barabutschi! Barabutschi!
Und sie muß auch sonst was taugen,
Barabutschi! Barabutschi!
Beim vertrauten Stelldichein.
»Das«, so meint er, »muß so sein!«
Barabutschi, barabutschi, barabutschi nocheinmal!
Und nach nicht zu langem Suchen
Fand er eine schöne Maid,
Und er sagte: »Liebes Mädchen,
Schau mich an und sei gescheit!«

Letzteres ist sie gewesen,
Barabutschi! Barabutschi!
Denn sie hatte viel gelesen.
Barabutschi, Barabutschi!
Was man so beim Greißler kriegt,
Bücher, wo die Tugend siegt,
Barabutschi, barabutschi, barabutschi nocheinmal!
Ferner noch, ihr Herz zu stärken,
War ihr auch ein Herr bekannt,
Kräftig, jung und eifersüchtig
Und Fleischhauerpraktikant.

Sie war brav, das muß man sagen.
Barabutschi, Barabutschi!
So was gab's in jenen Tagen!
Barabutschi, Barabutschi!
Doch sie fühlte anderseits:
Fremde haben ihren Reiz!
Barabutschi, barabutschi, barabutschi nocheinmal!
Darum, als er sie gebeten
Um ein kleines Rendezvous,
War sie zwar zuerst verlegen,
Aber sagte schließlich zu.

Der Bimbaschi hat's vernommen.
Barabutschi! Barabutschi!
Ist in die Kasern gekommen,
Barabutschi! Barabutschi!
Hat geprahlt und renommiert,
Wie es morgen gehen wird!
Barabutschi, barabutschi, barabutschi nocheinmal!
denn er dacht', wie mancher dachte,
Der in unsrer Stadt noch fremd:
»Kenn ich eine, kenn ich andre
Und bald alle bis aufs Hemd.«

Was sich weiter zugetragen,
Barabutschi, Barabutschi!
Kann ich euch nicht sicher sagen.
Barabutschi! Barabutschi!
Doch ich weiß, das Stelldichein
Sollt' am nahen Berge sein.

Barabutschi, barabutschi, barabutschi nocheinmal!
Sicher ist, der stolze Türke
Bat noch Freunde, mitzugehn,
Um aus sicherem Verstecke
Seines Glücks Triumph zu sehn.

Doch ob unser Fräulein Antscherl
Barabutschi! Barabutschi!
Wirklich ernst nahm dieses Pantscherl,
Barabutschi! Barabutschi!
Das zu sagen, weiß ich nicht,
Auch ist das nicht meine Pflicht.
Barabutschi, barabutschi, barabutschi nocheinmal!
Ob die Antschi, ob wer andrer
Nachricht gab dem Bräutigam,
Wer kann's sagen? Eins ist sicher:
Daß auch er zum Berge kam.

Und zu seinem Nutz und Frommen
Barabutschi! Barabutschi!
Hat er gleichfalls mitgenommen
Barabutschi! Barabutschi!
Eine kleine Freundesschar,
Die geübt im Raufen war.
Barabutschi, barabutschi, barabutschi nocheinmal!
Diese, sagt man, traten plötzlich,
Jählings, gach aus dem Versteck,
Und, so heißt es, damals fielen
Viele Turban' in den Dreck.

Und es lehnten und es lagen
Barabutschi! Barabutschi!
Teils gewatschent, teils geschlagen
Barabutschi, Barabutschi!
Türken hier und Türken dort
An dem sonst so stillen Ort.
Barabutschi, barabutschi, barabutschi nocheinmal!
Mit gesetzlich kahlem Schädel,
Häßlich wie ein Gartenzwerg,
Lag ein jeder dort am Hügel,
Der drum heißt: der Kahlen Berg.

Und ein Hauptmann von der Wache
Barabutschi! Barabutschi!
Kam und sah die ganze Sache
Barabutschi! Barabutschi!
Und er schrieb ein Protokoll,
Sechs bis sieben Seiten voll.
Barabutschi, barabutschi, barabutschi nocheinmal!
Zwar, daß Sturmwind schuld gewesen,
Daß den Turban er verlor,
Und sonst weiter gar nichts los war,
Unser Barrabas beschwor.

Doch den Oberst hört man sagen:
Barabutschi, Barabutschi!
Wind kann keine Beulen schlagen!
Barabutschi! Barabutschi!
Auch war gestern nachts kein Sturm.
Vierzehn Tage Hungerturm!

Barabutschi, barabutschi, barabutschi nocheinmal!«
Fremde, hört darum: »Wir Wiener
Freun mit euch uns im Verkehr,
Aber schaut, geht ihr mit Mäderln,
Erst: Wo bläst das Winderl her?«
Barabutschi, barabutschi, barabutschi nocheinmal!

AUFBRUCH

Zum Tischler Josef sprach der Engel: »Mann,
Steh auf, tu deinen schweren Mantel an
Und nimm das Kind und mit der Mutter geh!«
Doch Josef zögerte und sprach: »Ich seh
Nicht Weg noch Herberg unterwegs noch Ziel.«
Da rief der Engel zornig: »Frag nicht viel!
Der Weg ist Gottes Weg, Vertrauen Haus
Am Weg, dein Ziel ist Gottes. Schreite aus
Eh meine Stimme stirbt!
Und merk: Es ist nicht Gottes, daß Er wirbt.
Es ist schon hohe Gnade, daß Er heißt,
Und selig der, dem Er die Straße weist
Mit hartem Wort, denn selten spricht der Herr!«
Und Josef seufzte: »Das Gebot ist schwer!«
Er suchte zögernd erst Gerät und Schuh'
Und Stab und Tuch. Der Engel sah ihm zu.
Und Josef tat gebückt sein bißchen Tun
Als wär' des Engels Blick ein niedres Dach.
– Der Engel schaute jedem Handgriff nach –
Doch als er hintrat zu dem tiefen Ruh'n,
In dem Maria mit dem Kinde lag,
Und sprach: »Steh auf, denn es ist Tag!«
Wußt' er, daß er nicht minder Bote sei
Als der, der groß im Licht der Flügel stand.

Und da war alle Furcht vorbei.
»Steh auf!« sprach er, »und fasse meine Hand
Und nimm das Kind!« Und Unsre Liebe Frau,
Erwachend, sah nur ihn, den Engel nicht.
Und er war ihr wie seltsames Gesicht,
Vertraut und fremd doch, demütig und groß.
Sie hob das Kind aus ihrem Schoß
Und warf ein Tuch darum und schritt voraus,
Als wüßte sie den Weg. Er war gradaus.
Und Josef stand allein im dürftigen Gemach.
Der Engel aber sprach:
»Was zögerst du noch einmal? Du sollst gehn!«
Und als er dennoch stand: »Was bleibst du stehn?
Was klaubst du noch mit deinem Blick umher
An Wand und Winkeln? Dieser Stall ist leer.
Dein Bündel hast du, weißt um deine Pflicht,
Nun geh!« Da sagte Josef: »Das verstehst du nicht!
Denn du bist groß und stolz und selbst dein Kleid
Ist schwer von Gottes Licht. Wir armen Leut,
Wir haben all das nicht. Ins Tuch geschlagen
Werd ich mein Zeug und etwas Zehrung tragen,
Doch so wie du, lass ich auch nichts zurück.
Ich sammle auf und trag in meinem Blick
Die liebe Armut, und die nehm ich mit.
Denn sie ist mein, wie dein die Pracht.« Er schritt
Zur Tür und tat sie auf und trat ins Licht.
Der Engel aber neigte sein Gesicht.

Die Wiege

»Jetzt geht es an ein Wandern!«
Der Meister Josef spricht,
»Der Engel hat's verkündet,
Da red ich weiter nicht.
Der Herr hat's zugelassen,
Die Menschen sind dran schuld.
Gott schenke jedem Wandrer
Kraft, Hoffnung und Geduld.«

Der Josef nahm den Ranzen,
Den Hobel und die Säg
Und sprach: »Heut geht's ans Wandern.
Gott zeige uns den Weg!«
Er nahm die Frau Maria
Bei ihrer weißen Hand
Und sprach: »Du trag das Kinderl.
Wir gehen aus dem Land.«

Sie traten vor die Türe,
Der Josef sperrte ab,
Maria um den Heiland
Ihr Schultertücherl gab.
Die Nachbarn aus den Fenstern
Die sahn die beiden stehn.

Sie kamen und sie sagten:
»So könnt ihr doch nicht gehn!

Ihr habt nichts für den Kleinen,
Man sagt, der Weg ist lang.
Ihr braucht noch das und jenes,
Sonst wird das Putzerl krank!«
Die Nachbarinnen liefen
Geschäftig in ihr Haus
Und jede kam mit Gaben
Fürs Jesuskind heraus.

Die eine bracht' ein Wanderl,
Das war einmal ihr Stolz,
Als sie noch Kinder hatte,
Es war aus hartem Holz.
»Das kann man gut gebrauchen,
Da bad darin dein Kind!«
Sie war das Ahnel derer,
Die reinen Herzens sind.

Die andre brachte Fatschen
Aus englischem Flanell.
»Der Wind ist kalt. Geh, wickle
Das um den Buben schnell!«
Der ihre Enkelkinder,
So hat sie Gott belohnt,
Die bleiben von der Kälte
Der Eigensucht verschont.

Und eine runde Scheppern,
Die hell klang wie ein Glas,
Die brachte wer und sagte:
»Das macht ihm sicher Spaß.«
Der ihre Kindeskinder
Das sind auf Erden die,
Die lustig sind und lachen
In aller Herrgottsfrüh.

Ein Mann, der bracht ein Flascherl
Und sprach: »Das ist nicht schlecht.
Am End könnt ihr's noch brauchen,
Man weiß ja doch nie recht.«
Von wem kann der wohl Ahnherr
Und wer sein Enkel sein?
Na, wart ihr nie in Grinzing
Beim Heurigen, beim Wein?

Und eine brachte Schucherln
Mit Sohlen, fest und gut.
»Damit beim Gehenlernen
Er sich nicht wehtun tut!«
Der ihre Kindeskinder,
Die halten's sonst nicht aus,
Die müssen jeden Sonntag
Zum Wienerwald hinaus.

Und einer, er war Schneider,
Der brachte noch dem Kind
Ein Paar von solchen Hosen,

Die hint' zum Knöpfeln sind.
Dem seine Enkel fanden
Ein Sprichwörtel für sich,
Das ist nicht fein, doch labt es.
So einer, der bin ich.

Und eine kam am Ende,
Die blieb von ferne stehn
Und einen bunten Wurstel
Ließ sie das Kinderl sehn.
Das hat ihr zugewunken
Und hat dazu gelacht.
Von der die Enkeltochter
Gern einen Wurstel macht.

Und der bin ich begegnet
Und danke Gott darum.
Sie macht zwar gern den Wurstel,
Doch nehmt sie nicht für dumm.
Sie hat viel Leid gelindert,
Viel Kummer macht sie leicht.
Und wer das ist, das sag ich
Nur höchstens in der Beicht.

Es stand der Meister Josef
Und tat die Gaben sehn
Und sagte: »Schön vergelt's Gott!
Ich glaub, wir müssen gehn.«
Es hielt die Frau Maria
Die Gaben in der Hand

Und sprach ein Wort des Segens
Ganz leise übers Land.

Da sprach der Meister Josef:
»Das alles ist recht gut,
Nur fehlt uns eine Wiegen,
In die mans Kinderl tut.
Wir kommen in die Fremde
Und in ein fernes Land –
Ob's dort ein gutes Holz gibt,
Das ist mir nicht bekannt.«

Da sagte Frau Maria,
Die Mutter von dem Kind:
»So nimm von allen Bäumen,
Die unsre Bäume sind,
Ein Stückchen Holz und trag es
An deiner Brust hinaus.
Es reichen dir die Splitter,
Wirst sehn, zur Wiege aus.«

Der Meister Josef hörte –
Ihm ging's nicht richtig ein:
»Es können kleine Splitter
Doch nicht genügend sein.
Denn einer Wiege Länge,
Das weiß doch jedermann,
Ist siebzig oder achtzig,
Dann kommt die Breite dran …«

Es lächelte Maria.
Sie sah hinaus ins Land.
»So habe doch Vertrauen
Zu deiner guten Hand!
Und habe auch Vertrauen
Zum Holz, das hier gedeiht!«
Dann sind sie fortgewandert.
Der Weg war schwer und weit.

Und als sie angekommen,
Wohin sie Gott gebracht,
Da hat der Meister Josef
Sich gleich daran gemacht.
Er leimt zu einer Wiegen
Die Stückchen winzig klein,
Und schau, das heilige Kinderl,
Das ging ganz gut hinein.

Aus Holz von unsren Bäumen
Die Wiege war nicht schlecht.
Sie war dem Kinde Gottes
In Läng und Breite recht.
Das Holz von unsren Bäumen,
Das diente seinem Zweck.
Es dehnte sich die Länge,
Es fügte sich das Eck.

Zu einer rechten Haidel
Die kleine Wiege ward,
Zu einer rechten Haidel

Ganz nach Tiroler Art.
Mit Kufen und mit Bögen,
Mit Schnitzereien drauf.
Die nahm in fremdem Lande
Den heil'gen Buben auf.

Darin hat es geschlafen,
Darin hat es gewacht,
Das österreichische Kinderl
Durch Tag und manche Nacht.
In einer frohen Wiege,
Gefügt aus Splittern klein,
Laß, Herrgott, unser Kinderl
Zu Gotteskraft gedeihn.

Uns ward ein Kind geboren,
Der Welt zu Heil und Licht.
Das Holz zu seiner Wiege,
Auch dieses fehlt uns nicht.
Jetzt laß uns nicht entbehren
In unsrem Heimatland
Vertraun und gute Arbeit
Und eine rechte Hand! – Amen!

Das nachstehende Gedicht wurde am 10. Oktober 1948 im literarischen Nachlaß Georg Terramares gefunden.

Das Bild stellt die Heilige Jungfrau dar,
Rastend im Wald.
Sie blickt durch die Bäume und lächelt
So hell wie das Sonnenlicht,
Das auch durch die Bäume schaut
Und den Rasen zu ihren Füßen segnet
Wie ihr Lächeln die Ferne.
Über ihre rechte Schulter schaut Josef nach dem Kind
Und will ihm einen Apfel reichen.
Sie sind beide gesund und rotwangig,
Das Kind und der Apfel.
Josef ist braungebrannt, und seine Liebe
Ist ungeschickt wie die eines Großvaters.
Links kniet eine junge Frau
Und hält dem Kind einen Singvogel entgegen,
Der zwitschert mit offenem, lachendem Schnabel.
In der linken Ecke der Tafel
Kniet ein Mann, die Hand an der Brust,
Er hat den Kopf gesenkt.
Der Stifter des Bildes.
Er ist dem Beschauer nicht sichtbar,
Weil ihn der prächtige Rahmen verdeckt.
Er scheint ein wenig alt,
Ein wenig müd

Und ist drum ganz zufrieden.
Vor dem Bild steht ein Schulbub,
Etwa zehn Jahre alt.
Er ist nur da, weil er die Schule schwänzt,
Um nicht im Rechnen geprüft zu werden.
Er schaut das Bild an,
Als wär's in einem Bilderbuch.
Durch ein hohes Fenster schaut die Sonne herein
Und freut sich,
Denn das Bild stellt die Heilige Jungfrau dar,
Rastend im Wald,
Und davor steht ein Schulbub,
Der die Schule schwänzt.
Und Gott lächelt wieder.
Amen!

Solius Dei Gratia.

Vollendet am 4. Oktober 1947
La Paz, Bolivien.
Av. Ecuador 530, 6 Uhr, 8 Minuten, Turmzimmer.

Das nun folgende Gedicht »Herodes« hatte Terramare als eigenes Kapitel seiner Weihnachtslegenden konzipiert. Es ist ein einziger Ausbruch Terramares von Schmerz und Zorn über das, was im Jahre 1938 in Österreich geschah, als »H« sich des Landes – für den Dichter in dieser Situation »das Kind« – bemächtigte.
Terramare setzt hier Herodes mit Hitler gleich, er nennt aber weder den einen noch den anderen beim Namen. Er schreibt nur »der H« und gibt mit Bitterkeit wieder, wie sich viele seiner Landsleute damals verhalten haben, wie sie redeten, wie sie sich – jeder aus seiner Sicht – auf das Neue einstellten und schon im voraus anpaßten.
Es ist bezeichnend dafür, wie stark der Geist des Tausendjährigen Reiches noch nachwirkte, als dieses schon längst untergegangen war, daß man in der ersten Auflage im Jahre 1951 davon Abstand nahm, diese Ballade in das Büchlein aufzunehmen. Zu groß waren damals die Bedenken, es könne dies den Absatz eines weihnachtlichen Buches beeinträchtigen.
Daß Terramare, der zu diesem Zeitpunkt schon gestorben war, seinerzeit angeregt hatte, es könne »der Reingewinn des Büchleins als ganz kleiner Beitrag dem Wiederaufbau unserer Stephanskirche zugeführt werden«, ist in diesem Zusammenhang eine makabre Ironie der Geschichte, wie sie mir nur hierzulande vorstellbar erscheint.
Möge im Anschluß-Gedenkjahr 1998 die Absicht, »Herodes« zum erstenmal einer Leserschaft zugänglich zu machen, als so selbstverständlich angesehen werden, wie sie gedacht ist.

Miguel Herz-Kestranek

Herodes

Fluch dir! War unser Land zu schön, unser Kind dir zu lieblich?
Neidetest du ihm den Schlummer und uns, die es pflegten, neidetest du den himmlischen Abglanz kindlicher Ruhe?
Dich erzürnte die Hoheit des Traumes im Antlitz unseres göttlichen Kindes und unsere Ruhe, der Hüter zärtliche, fürstliche, unbekümmerte Ruhe.
Fluch dir, der du mit Lärmen und Morden, mit frecher Verachtung einbrachst in das Gehege erhabener Stille!
Fluch dir, lächerlich lärmendes Teilchen der großen und bösen ewig lebend'gen Vernichtung!
Wo wäre ein Glaube, wo ein schönes Entsagen, wo Schatten, wo leises Gedeihen, dem du Hohn nicht gesprochen, das du nicht beschmutztest?
Was vermochte Gewalt zu brechen, das du nicht zerbrachest?
Was konnten Worte entweihn, das du nicht geschmäht hast?
Was war schwach und du hättest es nicht zum Schmutze getreten?
Fluch dir, Gottabgewandter, und Fluch dir, Verführer, und Fluch dir, Schänder des Kindes in uns, seines Lächelns und Schlummers, Schänder des Liedes, des Traums, der Demut, der heiligen Armut, selbst des Leides, das wir als Heiliges hüten.

Mörder wolltest du sein an dem Kind und der reinsten der
Mütter, darum bist du zerfressen vom widrigen Wurme,
der vom Schmutze sich nährt, so wie du von Leichen,
vom Fleische, das von Verwesung stinkt.
Und im Tode noch: Fluch dir!

»Haben S' schon g'hört, man behauptet, er kommt schon
über die Grenze.
Na, der H. halt, ich sage nichts mehr, aber warten S', na,
Sie werden's ja sehn, was der kann.
Ich bin grad sein Freund nicht, aber ich mein', man könnt'
schon was lernen von denen.
So ein paar Jahrln der rechten, der militärischen
Strammheit täten uns allen ganz gut.
Ein bisserl ein' Ordnung käm' halt in alles hinein, ein bissel
Schmiß, will ich sagen.
Ja, es is' alles recht schön mit der Freiheit und so halt,
aber ich sagte ja schon, wir könnten was lernen.
Und wissen S', mir persönlich tät's gut gehn.
Man hat's mir versprochen.«

»Haben S' schon g'hört?
Wir richten uns jetzt nach dem Einfluß von außen, wie
man das nennt. Is' eh das Allergescheit'ste.
Was sollen wir mit ein paar zusammengefangenen
Mannderln gegen den H. versuchen?
Ich sag' es ja immer: Wir – wir müssen uns fügen der
allgemeinen Entwicklung.
Wirtschaftlich brauchen wir ihn.
Ich hab' es gelesen.

Absatzgebiete täten sich auf und die Zukunft wär' unser.
Sind wir denn lebensfähig allein?
Aber bitt' Sie!
Schaun Sie uns an und ihn – na, das ist was andres, mein Lieber!
Absatzgebiete bekäm' ich – man hat's mir versprochen.«

»Was die Leute so schwätzen ist alles nur dummes Gerede.
Wer will uns denn was nehmen?
Im Gegenteil, sag' ich, die werden lernen von uns.
In zwei, drei Jahrln da sind wir, WIR die Macher vom Ganzen – so nennt man das drüben.
Glauben S', die werden nicht froh sein, so Menschen wie wir sind, zu haben?
Hätscheln werden die uns.
Bei uns sind Talente, das haben die schon heraus, und bevor sie's denken und merken sind die Unsrigen oben in leitender Stellung.
Wir sind die Sieger, wenn er uns besiegt, das ist doch ganz logisch.
Lassen S' ihn kommen, den H.!
Dann ist er erledigt.
Nur keinen lärmenden Widerstand nicht, nur langsam und leise – bald diktieren dann wir.
Man hat's mir versprochen.«

»Im Prinzip, da bin ich sein Feind, das bitt' ich zu glauben!
Ich bin gegen Gewalt, ich bin ein Gelehrter.
Anderseits aber, und grade darum, ich sag' es ja immer, geht mich die Sache nichts an.

Ich schreib' meine Bücher, bleibe zuhause und denke und
forsche und lese, was andre auf dem gleichen Gebiete
geleistet, und danach, eben nur danach beurteile ich des
Volkes Entwicklung.
Und da muß ich schon sagen: Die Technik, mein Lieber,
was da geleistet wird drüben bei denen, das fordert
Bewundrung.
Diese Laboratorien!
Allerhand Achtung!
Diese Erkenntnis, daß alles, was Forschung und
Wissenschaft hindert, weggefegt werden muß, das ist groß
und erhaben.
Wissenschaftlich gesehn sind seine Prinzipien herrlich.
Menschengeschick ist vergänglich, die Wissenschaft ewig.
Einzelmenschen sind Heizmaterial der Maschine des
Fortschritts, Institute und Experimente sind alles.
Menschen als solche sind wichtig.
Die auch.
Aber künftige Menschen!
Jetzt kommt die Wissenschaft dran.
Man hat's mir versprochen.«

»Was? Er kann uns nicht leiden?
Lächerlich!
Aber ich bitt' Sie, hätt' er uns nicht so gern, möcht' wissen,
warum dann will er uns haben und kommt mit Gewalt
herein, uns erobern?
Hat er nicht drüben bei sich schon genug, die er gern hat?
Leut', die einem nicht wirklich sympathisch sind, läßt man
in Ruhe und riskiert nichts um ihretwillen.

Ich meine, eine Demarche, bewaffneten Einspruch, das kann er leicht haben, wenn er uns einsteckt.
Er pfeift drauf, um unseretwillen.
Er will zurück in das Land seiner Jugend und dorten sich ausruhn.
Eigentlich ist das sehr rührend.
Ich kann ihn nicht leiden, aber so was versöhnt – ein großer Mann, der nach Haus kommt, der seiner Eltern Gräber besucht, ist doch rührend.
So ein Mensch ist nicht schlecht. Der sollte uns hassen?
Wer sagt das?
Er hat es selber geschrieben? Gesagt?
No, und wenn schon!
So was schreibt man geschwind, und gesagt ist bei so wem doch bald was.
Der hat ein Temperament!
Und ich sag' Ihnen, grad drum hat er uns gern, sehr gerne sogar.
Er liebt uns zum Fressen.

Ehre, wem Ehre gebührt.
Er ist unser Landsmann, der wird was machen aus unserem Landel, was Rechtes, ein Paradies, sag' ich Ihnen.
Er hat es versprochen.«

»Nein, mir gefällt sein Gesicht nicht.
Ich finde, er hat irgend etwas drin von dem Kerl, der voriges Jahr unsre Köchin um ihr Erspartes gebracht hat und dann echappiert ist.
So was Süßes, Frisiertes hat er. Ich mag's nicht.
Und diese Augen!

Die starren auf einen wie Augen von Schlangen.
Wenn man länger sein Bild so anschaut, dann wird man fasziniert, wie man sagt, wie ein Vogerl tut man sich fühlen, wie ein ganz kleines Vogerl, das vor der Otter Angst hat und kann sich nicht rühren und zittert und wartet, daß die Schlange es frißt.
Man möchte fast wollen, daß er zupackt, recht fest!
Das ist wunderbar grauslich, ich fühl' das.
Eine Sensation nennt man so was.
Die hab' ich.
Und wenn er kommt, dann seh' ich ihn wirklich und nicht nur im Bildel, denn da steh' ich ganz vorne, man hat's mir versprochen.«

»Und wie lieb er mit Kindern umgeht!
Das gibt's ja nicht wieder!
Wissen S', ich bin eine Mutter, sonst nichts.
Eine Mutter!
Wenn's mir auch gar nicht paßt, daß wir nimmer ein eigener Staat sind, ich sag' halt immer: Wer Kinder gern hat, ist edel.
Edel hab' ich gesagt, jawohl!
Was weiß eine Mutter von Politik schon?
Nichts.
Das schert mich den Teufel.
Meine politische Meinung ist einfach: Ich hab' meine Kinder, wer die gern hat, der ist mir sympathisch und basta!
Ich hab' ein Bilderl gesehn, da küßt er gerade ein Mäderl –
Nein, so was Lieb's wie das Kind!
Sie hat einen Buschen Alpenblumen im Arm.

So was merkt sich ein Kinderl fürs Leben.
Extra ist er noch aus dem Wagen gestiegen, nur, um den Pamper zu küssen.
Na, wenn der wirklich zu uns kommt, küßt er mein Roserl bestimmt.
Man hat's mir versprochen.«

»Mir hat unsre Regierung schon lang' nicht gepaßt, und schon gar nicht paßt mir der H.!
Aber was soll man tun? Man muß schweigen.
Ich bin ganz gegen ihn.
Aber anderseits, schließlich und endlich, ohne meine Partei kann er doch nicht regieren.
Ohne uns ist er machtlos, denn nur mit Gewalt, meine Lieben, richtet er nichts bei uns aus, das wird er bald merken.
Lassen wir ihn erst ruhig herein und dann werd'n wir reden.
Nebenbei weiß ich genau: Es tut sich schon etwas drüben bei ihm.
Ich will nicht grad sagen von heute auf morgen, aber in längstens sechs Monaten wird alles anders.
Heimlich verhandelt er nämlich bereits.
Man darf nur nichts wissen.
Heimlich gibt er schon nach.
Man hat's mir versprochen.«

Fluch euch, die ihr so spracht.
Ihr werdet dereinst drum verdammt sein.
Nicht für die Größe der Sünde, nein, für die Kleinheit.

Keiner liebte den Feind, doch keiner vermochte zu hassen.
Armes Geschlecht, dem das Gute so fern wie das Böse!
Nahe seid ihr euch selbst nur und darum nahe dem Schmutze, Kinder des Alltags seid ihr und darum ferne dem Ew'gen.
Du vergeßlich Geschlecht vergaßest des heiligen Kindes, eingeboren dem Lande, den Tälern, den Blüten, eingeboren dem Lied und dem Wind und den Bäumen und Bächen, eingeboren der Sonne, dem Schnee, dem Dämmern des Abends, eingeboren dem Rufe des Hahns, wenn es tagt.
Und dem Einen, Unnennbaren, das wach wird nachts in den Wäldern, eingeboren.
Uns allen vom Lande des heiligen Kindes eingeboren.
Des Kindes, das ihr vergaßet.
Sucht jetzt, was man versprach, ja, sucht, wo man Hoffnungen hinwirft, die aus gieriger Herzen unbilligem Boden, giftgrelle Blüten des Ehrgeizes und der lauen Genußsucht, Sprossen und welkten zu eklem Gestank der Verwesung.
Sucht nur, was man versprach, und wühlt nur, wo ihr es findet, wühlt mit zitternden, ausgemergelten Händen, wühlet nach Glück, das niemals euch ward, nach dem Glück, das ihr fortwarft, wühlet dort, wo ihr müßt, in eurer Verdammnis, sucht und verzweifelt, sucht nur und lästert, sucht bis zum Ende alles Geschehns auf dem Unrathaufen der Hölle!
Oder suchtet ihr schon? Ja?
Suchtet ihr damals, als furchtbar, geil vor Begierde wie ihr, aus dem Dache des heil'gen Baues die Flammen

aufleckten und alles zu nutzloser Asche fraßen, was schön war und würdig, den Herrgott zu loben?
Suchtet ihr, als eure Häuser zerbarsten zu Schutt und die Mauern klaffend die Bresche auftaten, hinein in die lieben Zimmer und Winkel, wo früher vertrautes Wohnen und Rasten armen Menschen gewährt war, für Wut und Gewalttat?
Suchtet ihr damals, als Müttern, verkrochen im Dunkel der Keller, zerrend die Hand des Schreckens die Kinder riß aus dem bäumenden Leib und ihr kreischender Schrei übertönt ward von dem berstenden Donner der stürzenden Steinlast?
Suchtet ihr vordem auch in Stunden und Stunden des Wahnsinns, jenes Wahnsinns, der grölend die Straßen durchraste, jenes Wahnsinntaumels, der kommt als furchtbare, wilde, höllengebor'ne Erfüllung des Willens der Menschen, die ihre Kraft und ihr Streben zur Erde wenden, zur Erde, nur zur Erde und nicht zu Gott und dem Lichte, nur zur Erde, zu ihren Gaben, zur Macht und zur Unzucht, und deren Gott die Begier, deren König Herodes.
Untergang türmt sich um uns, schon kippt er, zermalmend zu stürzen!
Rettet das heilige Kind, das die Jungfrau geboren!
Rettet das Licht, das uns ward, daß wir unsere Rettung erblicken, rettet der Erde, was nicht der Erde ergeben, rettet vom Tod das Unsterbliche!
Rettet das liebliche Wunder, Liebe, Gesang und Entsagung, Gerechtigkeit, Heimat!
Rettet dem Menschen das Kind und das Kind vor den Menschen!

Fritz Kalmar
Wer war Georg Terramare?

»Nichts ist süßer als die Früchte des Leides – und viel bedauernswerter ist ein Leben, das in Unangefochtenheit dahinsickert«, schrieb im Jahre 1913 Anton Wildgans in einem Antwortbrief an den 24jährigen Georg Terramare, der von Sonetten des Dichters – zweifellos den »Sonetten an Ead« – tief berührt war und eigenes intimes Erleben angesprochen fühlte. Anfangs jedoch sah es eher nach Dahinsickern aus. Am 2. Dezember 1889 als Sohn des Großindustriellen Josef Eisler, später Eisler Edler von Terramare, und der Engländerin Editha Bles in Wien geboren, wuchs er in Reichtum auf. Als sein Vater starb, erbte er ein Vermögen von 14 Millionen Goldkronen, die damals einen weit höheren Wert als heute 14 Millionen Dollar darstellten. In finanziellen Dingen hilflos – er blieb es zeitlebens –, fragte er den Rechtsanwalt der Familie, Dr. Coumont, was er tun müsse, um eine so große Erbschaft richtig zu verwalten. »Junger Mann«, lächelte der Advokat, »ein solches Vermögen verwaltet sich von selbst.« Das hätte er nicht sagen sollen. Auf die Selbstverwaltung des Vermögens vertrauend, gab sich Terramare zwei kostspieligen Leidenschaften hin, dem Sammeln und dem Patriotismus. Daß er überdies der Literatur und dem Theater verfallen war, verursachte wenigstens keine hohen Kosten.
Als Sammler hatte er eine gute Schule. Zunächst eine eher primitive, die sich an eigenes Lesen und Schauen anschloß, bei dem Bildhauer Schroth, dessen Tochter Margarethe er geheiratet hatte. Schroths Unterweisungen waren stets sehr kurz gefaßt, aber anschaulich, so etwa: »Weißt, Barock, des is wo der Wind reinblast.« Nicht wissenschaftlich formuliert, aber einprägsam. Sein großer Meister jedoch war der

berühmte Sammler Figdor, der in dem Hause Wien I., Löwelstraße 18, wohnte, in dem die Familie Terramare ihre Stadtwohnung hatte. Bei Figdor erweiterte der junge Terramare sein Wissen um Antiquitäten bis zur Perfektion, vor allem die Kenntnis jener Epochen, denen sein größtes Interesse galt, Gotik und Barock. Jede Minute bei Figdor brachte ihm Früchte. Als wir Freunde wurden, begann er aus seinem Leben zu erzählen und erwähnte im Zusammenhang mit Antiquitäten häufig das beeindruckende Sachverständnis des großen Sammlers. Einmal standen die beiden in Figdors Wohnung vor einem Gemälde, Figdor erklärte es. Da wurde eine Dame gemeldet, die ihn zu sprechen wünschte. Nicht gern ließ er sich stören, doch wollte er nicht unhöflich sein. Die Dame überreichte ihm eine kleine gotische Holzmadonna, die sie erstanden hatte, sie wollte ein Gutachten Figdors. Den Blick noch immer auf das Bild gerichtet, nahm dieser die Figur in die Hand und gab sie nach ein paar Sekunden zurück. »Leider nicht echt«, sagte er. Bestürzt zog die Dame ab. »Wie konnten Sie das sagen?« wollte Terramare wissen. »Sie haben die Figur doch gar nicht richtig angeschaut.« »Brauch' ich nicht«, erwiderte Figdor. »Das spür' ich. Bei einer wirklich alten Holzplastik sind die Konturen weich. Da sind die Jahr' drübergangen. Die da hat ganz harte, beinahe scharfe Kanten gehabt, die ist von gestern.« Diese Anekdote fiel mir immer ein, wenn ich zusah, wie Terramare einen alten Gegenstand in die Hand nahm, prüfend, aber liebevoll prüfend, auch Bücher nahm er immer mit solcher Liebe in die Hand.

Mit profunder Sachkenntnis sammelte Terramare sein Leben lang. Alle bedeutenden Antiquitätenhändler Wiens kannten ihn und riefen ihn an, wenn sie etwas anzubieten hatten, wovon sie wußten, daß es ihn interessieren würde. In Zeiten finanzieller Bedrängnis gab er dafür auch Geld aus, das zuhause benötigt wurde. Seine zweite Frau, Erna Terrel, erzählte mir, man habe einmal alles zusammengekratzt, um einen dringend benötigten Haushaltsgegenstand zu kaufen. Er zog aus, um ihn so preisgünstig wie möglich zu erstehen. Nach Hause kam er ohne diesen Gegenstand, strahlend: »Schau her, was ich gekauft habe – eine gotische Blutschüssel. Ein herrliches Stück, es war im Schaufenster, ich konnte doch an so etwas nicht vorbeigehen.« Der Haushalt mußte warten. Von Geldmangel ließ er sich nicht entmutigen. »Wenn ich gar nichts mehr im Börsel hab', dann zieht sich bestimmt irgendwo ein Geldbriefträger die Schuhe an, um mir etwas zu bringen« – davon war er überzeugt und handelte danach.

Seine Wohnung in der Favoritenstraße (nach der Verehelichung mit Erna wohnte er am Neuen Markt) enthielt eine Bibliothek von 32.000 Bänden, darunter Kostbarkeiten, und war ein wahres Museum gotischer und barocker Kunst, jedes Stück aus der Zeit, auch die Möbel, Teppiche, Türen, Wand- und Deckenbespannung. Die Kunstzeitschrift »Belvedere« brachte 1927 in Nummer 59 mehrere Fotos dieser Wohnung. Das vielleicht kostbarste Stück der Sammlung war eine »Madonna im Gehäuse« von Michael Pacher. All dies verschwand. Als die beiden Terramares auswandern mußten, blieb der wertvollste Teil der Sammlung im Depot der Speditionsfirma Schenker zurück, für späteren Transport; für einen sofortigen hatte Terramare damals nicht das Geld. Nach dem Krieg war nichts mehr davon vorhanden. Die Nazis – eine Behörde, die Vermögensumzugspolizei (Vugesta) oder so ähnlich hieß – hatten den Container beschlagnahmt und den Inhalt versteigert. Eine Wiedergutmachung gab es nicht. Nur zwei Stücken der Sammlung kam man auf die Spur. Nach dem Krieg schrieb Terramares Schwägerin, Ernas Schwester, in der Presseankündigung einer Versteigerung im Dorotheum habe man auch ein Bild des Prinzen Eugen, gemalt von Johannes Kupezky, genannt. Sie wußte, daß dies Terramare gehört hatte, eilte ins Dorotheum, doch war die Versteigerung schon fast zu

Ende, das Bild schon einem Käufer zugeschlagen. Der Direktor der Anstalt fand heraus, daß es bereits siebenmal im Dorotheum versteigert worden war, nach dem Gesetz galt der Käufer als gutgläubig – war es wohl auch – und war geschützt. Das andere Stück war eine Biscuit-Figur der Kaiserin Elisabeth, eine echte Rarität. Ich hatte bei meinem Aufenthalt in Wien im Dezember 1957 mit einem Amerikaner zu reden, der in einem der besten Hotels im 1. Bezirk wohnte. Erni ging mit mir, und beim Betreten des Hauses sahen wir, rechts vom Eingang, in einer Vitrine diese Figur. »Das ist meine!« rief Erni. »Ich erkenne sie mit absoluter Sicherheit.« Ein paar Schritte weiter stand ein Funktionär des Hotels, und Erni erkundigte sich nach der Figur. »Ja, die ist schön«, sagte der Mann, »die hat der Chef im Krieg in einer Versteigerung gekauft.« »Das stimmt sicher«, sagte Erna. »Die hat einmal mir gehört.« Sofort änderte sich sein Gesichtsausdruck. »Bitte, das war alles legal«, rief er. »Sie können sich überzeugen, wenn Sie wollen, alles in Ordnung und legal!« »Ich glaub's schon«, erwiderte sie. »Ich verlange sie ja nicht zurück. Ich freue mich nur, sie so unvermutet wiederzusehen.« Beruhigt war man im Hotel aber wohl nicht, denn als wir ein paar Tage später hinkamen, befand sich die Figur nicht mehr in der Vitrine. Jetzt steht sie wieder da.
Hatte das Sammeln sehr viel Geld gekostet, so war doch die kostbare Sammlung vorhanden, der Gegenwert. Keinen solchen gab es für die andere Leidenschaft Terramares, seinen Patriotismus. Er legte sehr hohe Beträge in Kriegsanleihen an. Allerdings hatte er nach dem Krieg, 1918, nichts als schön bedrucktes Papier in der Hand.
Seinem ganzen Wesen nach, in Denken und Handeln, war er ein großer Herr. Von 1915 bis 1919, kurz nach Kriegsende, besaß er das Palais in der Grünangergasse 4, im 1. Bezirk Wiens, später »Österreichisches Buchgewerbehaus«, das er durch den Einbau gotischer Elemente verschönerte. Wie ein barocker Edelmann hielt er dort jede Woche einen

Tag reserviert, an dem Arme kommen konnten, um zu sagen, woran es ihnen fehlte, worauf er versuchte, Hilfe zu leisten, mit Geld oder anders. In einem Kloster, das er kannte, herrschte der Brauch, einmal im Jahr Preise für die Handarbeiten der Nonnen zu verleihen. Terramare spendete generös den ersten Preis für die beste Arbeit. Aber nicht nur diesen – auch einen für das am wenigsten gelungene Stück, damit dessen Herstellerin wisse, daß auch ihre Arbeit gewürdigt werde.

So großzügig, wie er zu schenken verstand, vermochte er zu verzichten. Wenn in La Paz, der letzten Station seines Lebens, von vergangenen Zeiten die Rede war, seiner Frau plötzlich ein bestimmtes Stück seiner Sammlung einfiel und sie ausrief, was damit wohl geschehen sei, dann winkte er lächelnd ab: »Laß nur! Es haben's andere vor mir gehabt, es werden's andere nach mir haben – ich hab' meine Freude daran gehabt, so lange es bei mir war, das genügt.« Als er und seine Frau in der ersten Zeit der Emigration ein Zimmer in einer Pension bewohnten, erbat er von einem Lebensmittelhändler ein paar leere Butterkisten, um einige Taschenbücher unterzubringen. Es wurden ihrer immer mehr, und eines Tages sagte er zu Erna: »Schau, nach und nach kommt was zusammen und ich hab' wieder eine Bibliothek.« Eingedenk der 32.000 Bände kamen ihr beinahe die Tränen.

Als Regisseur arbeitete er in Bern, Wien, Hamburg – wo er 1932 an den Goethe-Festspielen der Stadt mitwirkte – und am Troppauer Stadttheater, das er als Direktor leitete, und dies mit solchem Erfolg, daß der bekannte Schriftsteller und Kritiker Max Brod das Theater als das interessanteste des ganzen Landes bezeichnete. Er übergab die Direktion seinem Freund und einstigen Schüler Franz Stoß, als er nach Prag übersiedelte, weil der Direktor des Deutschen Theaters in Prag seine Frau, Erna Terrel, an diese Bühne geholt hatte.

In einem Gespräch in La Paz, Bolivien, merkte ich, wie sehr

er, dem das Theater Lebensluft bedeutete, unter dessen Fehlen litt. Da machte ich ihn darauf aufmerksam, daß man doch in La Paz mit begabten Laienspielern, ja auch einem oder zwei ehemaligen Schauspielern, in erster Linie seiner Frau, ein Ensemble bilden könnte. Ich nannte ihm gleich einige Namen, und er war neu belebt. Unverzüglich setzte er sich mit den Genannten in Verbindung, fand Interesse, und bald kamen Aufführungen zustande. Freilich den gegebenen Umständen angepaßte. Damals war das Hotel Sucre – lange Zeit das beste in La Paz – eröffnet worden, das im obersten Stock einen Festsaal hatte. Dort veranstaltete Terramare Kabarett-Abende, Szenen, Chansons – und das alles samt einem Kaffee mit Zubiß zu einem Gesamtpreis von 10 bolivianischen Pesos. Angekündigt wurde dies als »K plus K« (Kunst und Konsumation). Das war zwar billig, aber für die meisten deutschsprachigen Emigranten damals noch zu teuer, so daß er nach drei Vorstellungen aufhören mußte. Man müßte »richtiges Theater« bieten, war die Erkenntnis, nicht bloß Kabarett. Aber inzwischen hatte längst der Krieg begonnen. »Wie können wir Theater spielen und den Leuten Unterhaltung bieten«, sagte Terramare, »wenn drüben die Menschen in den Tod gehen?« Man fand einen Weg. Die erste Vorstellung mußte ernster Art sein, dem geschichtlichen Zeitpunkt angemessen. Also wurde Terramares Stück »Ein Spiel vom Tode« im Theatersaal einer Schule aufgeführt, der Gegenwart angepaßt, indem an Stelle des Ritters ein Soldat eingesetzt wurde, an Stelle des »Staatsmannes« ein Diktator. Erst nach diesem Beginn folgte Theaterarbeit anderer Art. Mit seinem zum größten Teil aus Laienspielern bestehenden Ensemble brachte Terramare Aufführungen zustande, die professionelles Niveau hatten und sein Können als Regisseur überzeugend unter Beweis stellten.

Eine besondere Leistung vollbrachte Terramare am Anfang seiner Karriere als Spielleiter mit der Wiederbelebung der

auf eine Jahrhunderte alte Tradition zurückblickenden »Schottenspiele«. Es begann eigentlich in Salzburg. Heute weiß vielleicht niemand mehr, daß Hofmannsthals »Jedermann« nicht das erste nach dem Weltkrieg in Salzburg gezeigte Mysterienspiel war. Kurz davor war ein anderes aufgeführt worden. Nach 1918 lebte Terramare in Salzburg. Er hatte das Weihnachtsspiel »Von der Geburt des Herrn, den Hirten und den Königen« eben vollendet, als das Salzburger Landesbildungsamt ihn einlud, es doch aufzuführen. Dies geschah am 12., 28. und 29. Jänner 1920. Erst am 22. August dieses Jahres fand, von Max Reinhardt inszeniert, die Uraufführung des »Jedermann« statt.
Terramare übersiedelte nach Wien. In einem Gespräch mit seinem ehemaligen Geschichtslehrer, später Direktor des Schottengymnasiums, Pater Dr. Albert Hübl, tauchte der Gedanke einer Neubelebung der alten Klosterspiele im Schottenstift auf. Aus dem Gedanken wurde Wirklichkeit. Unter der Leitung Terramares brachten die »Klosterspiele bei den Schotten«, beginnend mit Terramares Weihnachtsspiel und seinem »Spiel vom Tode«, Jahr für Jahr Aufführungen, die von seiten der Kritik höchste Anerkennung fanden – Bühnenstücke von Schmeltzl, Calderon, 1928 Schillers »Die Jungfrau von Orléans«. Unter den Mitgliedern dieses Ensembles theaterbegeisterter junger Leute waren einige, die bald zu den Größen des Wiener Theaters gehörten, wie Elisabeth Kallina, Eric Frey, Franz Stoß, Eduard Volters und andere. Ein Ende fanden die sich jährlich erneuernden Bühnenerfolge erst durch bürokratische Maßnahmen von kirchlicher Seite. Das Ensemble unter Terramares Leitung spielte auch außerhalb des Schottenstiftes – in der Urania, im Konzerthaus, in Mödling mit einer vielbeachteten Inszenierung von Gerhart Hauptmanns »Der arme Heinrich« vor der St. Othmar-Kirche. Literaturhistorisch interessant war die Uraufführung eines Werkes von Hugo von Hofmannsthal, »Der Kaiser und die Hexe«, in der Urania am 17. November

1926. Der Dichter war von Terramares Ersuchen um Aufführungserlaubnis überrascht. »Daß Sie gerade dieses Spiel wählen, berührt mich eigen«, antwortete er und gab zu bedenken, daß er bei Abfassung dieser Dichtung vor 29 Jahren noch sehr jung gewesen war; das Geheimnis des Stückes, die Verschuldung des Kaisers und die Rolle der Hexe, werde nicht recht offenbar. Aber er stimmte zu: »Im übrigen ist es mir eine Freude, wenn Sie bei der Wahl bleiben ... Von den Spielen der Schotten, die Sie leiten, habe ich vielfach gehört und bin in meinen Gedanken dem schönen Unternehmen mit wahrer Sympathie gefolgt. Wenn Sie nun an dieser Stätte eine meiner dichterischen Arbeiten zur Aufführung wählen, so ist mir dies nur eine wahre Auszeichnung.«
Eine vortreffliche, detaillierte Darstellung der von Terramare neu belebten Schottenspiele von 1919 bis 1931 gab Erwin M. Auer: »Theaterspielen und Klosterspiele bei den Schotten«, Jahrbuch des Vereins für Geschichte der Stadt Wien, Band 42, 1986.
Dem Ensemble der Schotten schloß sich ein junges Mädchen an, das in mehreren Stücken eingesetzt wurde, in dem Weihnachtsspiel, in »Die Jungfrau von Orléans«, »Der Kaiser und die Hexe«, »Der arme Heinrich«. Sie erhielt vorzügliche Kritiken, besonders für ihre Leistung als Ottegebe in der Mödlinger Freilichtaufführung von »Der arme Heinrich« im Jahr 1928, ebenso im Jahr 1934, als die Vorstellung zweimal wiederholt wurde. Sie trat, damals schon Berufsschauspielerin, unter dem Namen Erna Terrel auf, der zusammengesetzt war aus »Terramare«, dessen Frau sie nun war, und ihrem Mädchennamen »Beutel«. Sie war die jüngere Tochter des Kommerzialrats Vinzenz F. Beutel, des Seniorchefs der damals wohlbekannten Herrenmodefirma Riedel & Beutel am Stephansplatz. Als sie ihren Wunsch, Konzertpianistin zu werden, wegen Überspielens des rechten Armes aufgeben mußte, wandte sie sich dem Theater zu. Sie studierte bei Susanne Osten, der Gattin eines Burg-

schauspielers, und nahm bei Terramare Literaturunterricht. Zwischen den beiden entstand eine tiefe Liebe, die zunächst aussichtslos schien, da Terramare mit Margarethe Schroth verheiratet war. Diese Ehe war jedoch längst leer geworden, sie wurde einvernehmlich geschieden, wobei Terramare, wohl aus einer Art Schuldgefühl, sich bei der finanziellen Regelung ungemein großzügig zeigte, weit über seine Verpflichtung hinaus. Als er und Erna heirateten, benahm Margarethe sich beinahe komisch verständnisvoll für allfällige Gewissensbisse der Neuvermählten. Sie rief am Abend des Hochzeitstages an und sagte: »Kinder, ihr fühlt euch doch heute sicher elend, ich komme zu euch, um euch ein bissel aufzuheitern.«
Ihr erstes Engagement erhielt Erna, noch unverheiratet, in Basel bei Direktor Oskar Wälterlin, während Georg in Bern als Regisseur arbeitete. Im Jahr 1932 heirateten die beiden in Wien, wo Erna, von jetzt an »Erna Terrel«, ganz plötzlich zu einem Engagement kam. In den Kammerspielen wurde das Singspiel »Essig und Öl« einstudiert, in den Hauptrollen Hans Moser und Käthe Gold. Unmittelbar vor der Premiere erhielt Käthe Gold telegraphisch die Nachricht von dem kritischen Zustand ihres schwerkranken Sohnes, der dann auch kurze Zeit später starb. Sie mußte absagen, Erna Terrel wurde gebeten, einzuspringen, doch galt es, die Rolle, Text und Musik, in 48 Stunden zu erlernen. Terramare arbeitete intensiv mit ihr, sie probte ebenso intensiv mit Kapellmeister Hahn die Chansons, an Schlafen war kaum zu denken — und am festgesetzten Tag fand die Premiere statt. »Unser Wunderkind!« jubelte Hans Moser.
Als ihr Mann die Leitung des Troppauer Stadttheaters übernahm, ging sie mit ihm und wurde bald der Liebling nicht nur des Publikums, sondern auch der Presse. Dies wiederholte sich dann am Deutschen Theater in Prag, wo Kritiker wie Max Brod und Friedrich Torberg zu ihren Bewunderern gehörten.

Eine jähe Wendung kam nach dem »Anschluß« Österreichs. Erna, ebenso wie ihr Mann von dem Ereignis schmerzlich getroffen, äußerte in einem Kaffeehaus eine abfällige Bemerkung über Hitler. Prompt wurde sie bei der Deutschen Botschaft angezeigt und erhielt zunächst Spielverbot. Danach wurde sie zweimal in der Botschaft verhört, besonders unangenehm war das erste Verhör. Sie war mit ihrem Rechtsanwalt gekommen, doch mußte dieser hinter ihr sitzen, so daß kein Blickkontakt möglich war. Die Fragen bezogen sich zunächst auf sie und ihren Mann, doch dann fragte man sie auch nach Kollegen aus. Erna gab jedesmal positive Antworten über deren Können, Rollenfach, Beliebtheit, Kollegialität, bis der sie verhörende Botschaftsrat, Herr von Krafft, die Geduld verlor und auf den Tisch schlug: »Sie wissen genau, was ich von Ihnen hören will – die politische Einstellung, eventuelle Aktivität, darüber sollen Sie jetzt aussagen!« Erna zitterte zwar (sie hatte nachher in ihrer Wohnung einen Weinkrampf und war einem völligen Zusammenbruch nahe), stellte sich aber ahnungslos, von solchen Dingen wisse sie nichts, sie komme mit den Kollegen nur bei den Proben zusammen, da gebe es Theaterarbeit und Theatergespräche, sonst nichts.
Es wurde immer deutlicher, daß Terramare und sie nicht in Prag bleiben konnten. Ein guter Bekannter von ihnen war Honorarkonsul von Bolivien in Prag, ihn baten sie um Einreisevisa. Konsul Lechner war entsetzt: »Bolivien! Was fällt Ihnen ein, was sollen Menschen wie Sie in Bolivien machen? Das ist Unsinn, bleiben Sie ruhig in Prag, hier tut Ihnen keiner etwas.« Die beiden bestanden darauf, also gab er ihnen kopfschüttelnd die Visa – »Wenn Sie unbedingt wollen.«
Als die deutschen Truppen einmarschierten, konnte niemand mehr sicher sein, daß einem keiner etwas tun werde. Von einem österreichischen Nationalsozialisten, der Terramares Vater zu großem Dank verpflichtet war, schutzes-

halber begleitet, verließen Georg und Erna Terramare Prag. Über Umwege erfuhren sie dann, daß zwei Tage später die Gestapo in ihre Wohnung eingedrungen war, um beide zu verhaften. Beide! Terramare, wiewohl gläubiger Katholik, war jüdischer Abstammung, und Erna Terrel hatte das Angebot der Nazis, ihr, der so beliebten, hervorragenden Schauspielerin eine glänzende Karriere zu garantieren – am Theater, beim Film, Rollen, die sie sich aussuchen könne –, rundweg ausgeschlagen, wegen der daran geknüpften Bedingung, sich von ihrem Mann scheiden zu lassen. Sie verzichtete auf blendende Erfolge, Höchsthonorare, Ehrungen, sie folgte ohne zu zögern dem Gebot ihrer Liebe und zog mit Terramare nach Bolivien, ins Ungewisse.
»Glaube und Heimat« nannte der Tiroler Dichter Karl Schönherr eines seiner Dramen. Glaube und Heimat waren auch die Terramares Leben bestimmenden Elemente. Ich erinnere mich, daß ich, aus einem liberalen, religiöses Verhalten vernachlässigenden Kreise kommend, eigenartig berührt war von der Begegnung mit einem Menschen, dessen Denken und Lebensführung ganz im Zeichen der Religion stand, wenn auch durchaus unaufdringlich. Terramares Einfluß auf mich wurde immer stärker, ohne daß er sich im geringsten als Missionar versucht hätte. Beeinflussung lag ihm fern. Er achtete jeden Menschen, egal welcher Religion, sofern dieser selbst sie ernst nahm. Darum verstand er sich mit frommen Juden weitaus besser als mit »lockeren« Christen. In den letzten Jahren seines Lebens fasteten er und seine Frau am Versöhnungstag – »für unsere jüdischen Freunde, die lebenden und die toten«, erklärte er mir, der ich als einziger von diesem Fasten wußte. Was er absolut nicht vertrug, war die spöttische Herablassung mancher Leute in Religionsdingen. Da konnte er sehr scharf werden. Als einmal in einer Gesellschaft über Religion gesprochen wurde und Terramare sich zu diesem ihm heiligen Thema äußerte, fragte ihn sein Sitznachbar ironisch: »Sagen Sie,

glauben Sie das alles wirklich?« Terramare erwiderte mit der Gegenfrage: »Sagen Sie, befriedigen Sie Ihre Frau?« Der andere schnappte nach Luft. »Aber Herr Doktor, erlauben Sie doch … « »Nein!« unterbrach ihn Terramare. »Meine Frage war nicht indiskreter als Ihre.«

Wie vollkommen ihn Religion ergreifen konnte, erlebte ich selbst. Es war in Copacabana am Titicacasee, einem Wallfahrtsort, der für Bolivien eine ähnliche Bedeutung hat wie Mariazell für Österreich. Beide Terramares waren zum Abendgottesdienst gegangen, der in der Basilika stattfand, und zwar nicht im großen Raum der Kirche, sondern in dem sogenannten »camarin« der Madonna von Copacabana. Ich wollte die beiden abholen, ging hinauf und suchte sie, an der hinteren Tür stehend, mit den Augen. Der Camarin war voll, auch draußen standen Leute. Da kam auf einmal Terramare, Kerzen im Arm, und ging raschen Schrittes an mir vorbei in den Andachtsraum, wo er hinten, bei den Indios, niederkniete. Er hatte mich angeschaut, mir in die Augen gesehen, ohne mich wahrzunehmen. Sein Gesicht hatte einen Ausdruck von Ekstase, er war so erfüllt von dem Gottesdienst, daß er in diesem Augenblick seinen Freund nicht erkannte.

»Ich glaube ja nicht, ich weiß«, sagte er einmal zu mir. Ich erlaubte mir keine Frage nach dem Woher dieses Wissens, vielleicht beruhte es auf einem Erlebnis mystischer Art. Er deutete, ohne überspannt zu sein, manches Geschehen als Zeichen. Er, seine Frau und ich fuhren im Februar 1948 mit dem Autobus nach Copacabana, über die endlos scheinende Hochebene, den Altiplano. Wir kamen in einiger Entfernung an einem kleinen, nur aus ein paar Lehmhäusern bestehenden Ort vorbei, da kamen gerade vier Reiter von links und verschwanden zwischen den Häusern. Sie trugen nicht die üblichen bunten Ponchos, sondern schwarze. Terramare beobachtete sie in tiefem Schweigen, und ich erriet seine Gedanken. Es mochte nichts anderes sein, als daß in dem Ort jemand gestorben war und die Reiter zum Begräbnis kamen, eine ganz natürliche Erklärung, doch die Erscheinung hatte etwas Unheimliches. Wir blieben einige Tage in Copacabana und gingen einmal den sogenannten Kalvarienberg hinauf, wo am Wegesrand vierzehn Leidensstationen errichtet sind. Wir saßen oben und blickten hinunter auf den schönen, blauen See, als die paar Indios, die sich dort befanden, uns fragten, ob wir uns etwas wünschen wollten, ein Haus vielleicht – sie hatten Steine und etwas Lehm zur Hand und bauten, so wie Terramare es wünschte, damit ein winziges Haus. Er verlangte ein festes, in dem er vor Sturm und Regen geschützt wäre. Man gab den Indios Geld, einer lief eilig hinunter und kam mit einer Flasche Bier zurück. Sie wurde geöffnet, einer der Indios goß ein wenig Bier für die Götter aus und sagte dann: »Jetzt werden Sie so ein Haus bekommen, wie Sie es sich gewünscht haben.« Zwei Monate später starb Terramare und bezog sein letztes Haus, ein Mauergrab, vor Sturm und Regen geschützt.

Die literarischen Werke Terramares, vor allem die aus seiner Jugend, zeigen den Autor als einen romantischen Idealisten. Zu diesen frühen Arbeiten gehören unter anderen die dramatischen Gedichte »Brutus« und »Goldafra«, die Erzählungen »Die ehmals waren«, »Der Liebesgral«. »Dazu stehe ich heute nicht mehr«, sagte Terramare zu mir. Am Burgtheater wurden seine Bühnenwerke »Erfüllung« und »Die stille Stunde« aufgeführt. Sein erzählerisches Hauptwerk war der Jeanne d'Arc-Roman »Das Mädchen von Domremy«. Daneben ist besonders sein Franziskus-Buch »Stimmen am Wege« hervorzuheben, in welchem der Heilige selbst gar nicht erscheint, sondern nur in den Worten derer, die ihm begegnet waren, in Erscheinung tritt.

In der Emigration war die »Vereinigung der freien Österreicher«, der er als Ehrenmitglied angehörte, die Basis seiner künstlerischen Tätigkeit. Er und seine Frau waren die tragenden Säulen der von ihm gegründeten, überwiegend aus Laienspielern bestehenden Theatergruppe. Für deren »Kammerrevue« genannte Aufführungen schrieb er Szenen, Couplets, Chansons, die von einem hochbegabten Pianisten und Komponisten, Manfredo Gynt, vertont wurden. Aber auch größere Arbeiten entstanden, zunächst das Hörspiel »Vom Turme« – ein Österreichspiel könnte man es nennen – und zwei Theaterstücke, »Hofopernballett«, ein Stück um Fanny Elßler, und »Therese Krones«.

Seine früheren Werke lassen erkennen, wie sehr er, der von der Vergangenheit geformt war, einen eigenen Stil suchte. Er fand ihn, als er aufgehört hatte, ihn zu suchen, in seinem letzten Werk »Uns ward ein Kind geboren«. Es schildert die Weihnachtsgeschichte, so wie sein dreißig Jahre früher entstandenes »Spiel von der Geburt des Herrn, den Hirten und den Königen«. War dieses jedoch in einem ans Alte, Gotische sich anlehnenden Stil gehalten, so löst sich das Buch »Uns ward ein Kind geboren« völlig von allen Vorbildern los. Terramare verlegt das weihnachtliche Geschehen nach Wien und erzählt es in Versen voll Innigkeit, Wehmut und Humor. Er beendete das Werk am 4. Oktober 1947; am 4. April 1948, genau ein halbes Jahr später, starb er. Das Erscheinen des Buches, die ungemein lobenden Rezensionen, von denen eine von einer neuen österreichischen Volksdichtung sprach, hat er nicht mehr erlebt. Nur die erste Lesung in La Paz. In einem Saal des »Hotel Austria«, das meinem Bruder Ernst Kalmar gehörte, trugen Erna und ich das Werk, nur in Maschinschrift vorhanden, vor. Terramare saß ganz hinten, ich sehe noch das Funkeln seiner Brillengläser in dem verdunkelten Saal vor mir. Dann freilich folgten noch andere Lesungen. Jahre hindurch veranstalteten namhafte österreichische Bühnenkünstler – Elisabeth Kallina, Albin Skoda, Franz Stoß, Otto Löwe, Ewald Balser und andere – Lesungen aus der Weihnachtslegende. Der Reihe dieser großen Schauspieler hat sich würdig Miguel Herz-Kestranek angeschlossen, der auf gleiche Weise für den Autor, den er nicht mehr persönlich kennenlernen konnte, liebevoll eintritt. Und seit nahezu zehn Jahren wiederholt sich die Adventlesung auch in Dornbach, wo Frau Hermine Maria Steinmetz die Dichtung interpretiert. Ihr ist aber noch anderes zu danken. In einer sorgfältig ausgearbeiteten Studie, veröffentlicht im Jahrbuch des Vereines für Geschichte der Stadt Wien, Band 44/45, 1988/89, identifiziert sie die in dem Werk genannten Menschen, Straßen, Häuser und weist nach, daß es keine bloß vorgestellten Gegenden sind, keine erfundenen Personen, sondern echtes Dornbach, wo heute noch die Villa steht, die der Familie Eisler von Terramare gehört hat.

Ein politischer Mensch war Terramare nicht. Meines Wissens hat er nie einer Partei angehört, und die österreichische Vereinigung in Bolivien hatte in ihren Statuten das Prinzip »Überparteilichkeit bei voller Wahrung der Meinungsfreiheit des Einzelnen« festgelegt. Mitglied konnte, ungeachtet seiner politischen Einstellung, jeder werden, ausgenommen Nazis. Die Überparteilichkeit und damit die Ausschaltung parteipolitischen Haders machte fruchtbringende Arbeit für Österreich überhaupt erst möglich. Sie war die Basis, auf der Terramare sich mit seiner Arbeit in der Vereinigung frei entfalten konnte. Man kannte die Anschauung fast aller Mitglieder, doch sie spielte keine Rolle. Terramare war Monarchist, absolut nicht mit Blick in eine irreale, geträumte Zukunft, sondern in Erinnerung an eine Vergangenheit, in der er Werte wußte, die ihm gut schienen und für die er sich eingenommen fühlte. Nie machte er Aufhebens daraus, er verstand sich auch gut mit Andersdenkenden, wenn er sie für aufrichtig halten durfte. So kam er einmal bei einem gemeinsamen Nachtmahl einiger Mitglieder der Vereinigung ins Gespräch mit einem überzeugten Sozialdemokraten, mit dem er nichts gemein zu haben glaubte und der seinerseits ihn nach der Schablone »Monarchist–Reaktionär« beurteilte.

Dieser Dialog wurde, zur Verwunderung der Anwesenden, immer intensiver, die beiden verbohrten sich geradezu ineinander, und das Ergebnis war eine Freundschaft auf Lebensdauer. Er ließ jede Meinung gelten, die ihm echt schien; gar nichts hatte er für Leute übrig, deren laut verkündete »Überzeugung« den Stempel des Opportunismus trug. Und solche gab es in La Paz. Da trug bei einer Veranstaltung ein Österreicher, der noch zwei Jahre zuvor alles »Linke« wegwerfend beurteilt hatte, ein selbstverfaßtes Gedicht über die ersehnte Zukunft Österreichs vor, die er in der letzten Zeile mit »ein leuchtendes Morgen-Rot!« begrüßte. Damals war die Sowjetarmee bereits weit vorgedrungen, auch in Richtung Österreich ... Zu derselben Zeit, als viele glaubten, nach dem Kriege werde Österreich kommunistisch sein, erklärte sich ein anderer, in Auffassung und Lebensstil stets stockbürgerlich, in einer Versammlung der Vereinigung ganz überraschend als Befürworter eines Sowjet-Österreich, das er erwarte und erhoffe. Für dergleichen hatte Terramare nur Geringschätzung. Verachtungsvoll sagte er einmal zu mir: »Man kann seine Überzeugung tragen wie der Priester das Allerheiligste oder wie der Bedienstete den Nachttopf seines Herrn.«

Terramares Arbeit in der österreichischen Vereinigung war das Theater. Der Reinertrag jeder Vorstellung wurde dem Roten Kreuz oder gelegentlich einer jüdischen Wohlfahrtsorganisation übergeben, nach dem Krieg ausschließlich Österreich. Aber da war nicht nur der materielle Ertrag, da war auch der psychische, die Wirkung, die von den Veranstaltungen ausging. So mancher Österreicher, der in der ersten Zeit der Emigration von seinem Lande nichts mehr wissen wollte, verlor seine Verbitterung, fühlte, manchmal selbst erstaunt, Heimweh und fand eines Tages sogar den Weg zurück. Diese Wiedergewinnung verlorener Herzen für die Heimat war vielleicht der schönste Erfolg von Terramares Wirken in Bolivien.

Für die Mitglieder seines Ensembles war überdies jede Neueinstudierung ein Erlebnis. Wie durch Terramares Regiearbeit aus dem bloßen Text etwas Lebendiges wurde, aus den Personen eines Stückes Menschen, wie kein Wort mehr bloß hingesagt wurde, sondern sein volles Gewicht gewann, das alles war für die Schauspieler geradezu beglückend. Beim Proben war Terramare ein strenger Meister. Als seine Frau bei einer Probe einmal nicht ganz textsicher war, rügte er sie mit den Worten: »Manchmal muß man eben Talent durch Fleiß ersetzen!« – zur Erheiterung des Ensembles, denn Erna Terrel war eine hinreißende Schauspielerin, vor allem vom Talent her.

Daß eine Leistung seiner Laienspieler unter professionellem Niveau blieb, duldete er nicht. Als er in La Paz sein »Spiel vom Tode« einstudierte, erwies sich die Dame, die die Dirne spielen sollte, als völlig talentlos. Sie war außerstande, den richtigen Ton zu übernehmen, die richtige Haltung, die ihr immer wieder gezeigten Bewegungen. Terramare probte die Szene mit ihr, wiederholte sie noch und noch, doch vergeblich, er mußte aufgeben. »Gnädige Frau«, seufzte er, »gnädige Frau, als Hur' werden Sie nie Ihr Brot verdienen.«

Er fand in jeder, auch der bedeutungslosesten Situation innerhalb einer Sekunde eine treffende Antwort. So saß er im Wartezimmer seines Zahnarztes, als ein Bekannter eintrat, der sich über Terramares unaufdringlichen Monarchismus gern lustig machte. »Oh, Majestät!«, sagte er, sich spöttisch verneigend. »Worauf warten Majestät?« »Auf meine Krone«, erwiderte Terramare sofort. Man war ja beim Zahnarzt.

In seinem Leben gab es manchmal Mystisches. Seine Mutter erzählte, daß sie mit ihm, als er fünf oder sechs Jahre alt war – er ging noch nicht zur Schule –, in einem Museum Ritterrüstungen besichtigte. Der Kleine war entzückt. Vor einer Rüstung wies er auf den Helm und sprach langsam das Wort

»Hundskugel«. Der Museumswärter, der das hörte, fragte erstaunt, wieso der kleine Bub diesen Ausdruck kenne. »Der stimmt nämlich. Haben Sie dem Kind das gesagt?« Keineswegs, Frau Editha Terramare kannte das Wort gar nicht. »Hat er's wo gelesen?« Die Mutter verneinte. »Er kann ja noch gar nicht lesen.« Woher also, wieso? Der Kleine, befragt, konnte es nicht sagen, er wußte es nicht, das Wort war aus ihm herausgekommen, ohne daß er es kannte.

Eines Vormittags wurde Terramare, gerade als er Erna Beutel, die später seine Frau werden sollte, Literaturunterricht erteilte, ein Herr gemeldet, der ihm einen Besuch abstatten wolle. Er las die Visitenkarte. »Fritz von Herzmanovsky-Orlando? Nie gehört. Aber bitte ... « Ein blonder Herr trat ein, kleiner Schnurrbart, blaue Augen, sah den Schriftsteller an und verneigte sich tief. »Ich grüße meinen königlichen Herrn!« »Um Gottes willen, ein Wahnsinniger«, dachte Terramare und fragte: »Wie bitte?« »Ich grüße meinen königlichen Herrn«, wiederholte der Besucher. »Für mich sind Sie die Verkörperung König Karls VII. von Frankreich.« Nun erblickte er die Schülerin. »Und sie ist Ihre Agnes Sorel«, fügte er hinzu. Erna erzählte, daß sie sich sodann zurückzog, um die beiden Herren ungestört zu lassen. Leider hat sie nie gefragt, worüber die beiden miteinander gesprochen haben. Merkwürdig ist jedoch, daß Herzmanovsky-Orlando mit seiner seltsamen Anrede in gewissem Sinne recht hatte. Nach allem, was man von Karl VII. weiß, hatte Terramare manche Züge seines Wesens mit dem König gemein und Erna Terrel mit Agnes Sorel, so wie Schiller diese gezeichnet hat.

Das Ehepaar Terramare besaß edle Katzen der Rasse »blaue Perser«. Auch da ereignete sich einmal etwas Geheimnisvolles. Die Mutterkatze, Maunzi genannt, nahm die Gewohnheit an, jeden Nachmittag um sechs Uhr sich vor das von Kupezky gemalte Bild des Prinzen Eugen zu setzen. Etwa zwanzig Minuten lang blieb die Katze vor dem Bilde

und sah, ohne sich zu rühren, aufmerksam den Prinzen an. Einmal erbat die Albertina für eine Prinz Eugen-Ausstellung das Gemälde als Leihgabe. Es wurde abgeholt. Zur gewohnten Stunde erschien Maunzi, fand das Bild nicht und blickte sichtlich verstört die beiden Terramares an, nicht wissend, was sie nun tun solle. Das wiederholte sich täglich, bis endlich das Bild zurückgebracht wurde und Maunzi die stumme Anbetung des Prinzen wieder aufnehmen konnte. »Mystisch zumute« wurde Terramare, wie er sagte, als er später in einer Biographie las, daß es Prinz Eugen war, der blaue Perserkatzen nach Wien gebracht hatte.
Als ich ihn in La Paz kennenlernte, war auch mir »mystisch zumute«. Auch ich hatte eine Karriere aufgeben müssen, die des Juristen. Nach Promotion und Absolvierung des Gerichtsjahres hatte ich als Konzipient bei dem Rechtsanwalt Dr. Karl Graus gearbeitet – in der Grünangergasse 3. Gegenüber stand das Haus Nr. 4, das über dem Tor ein von zwei Windhunden gehaltenes Wappen trug, mit den Buchstaben G. v. T. Manchmal rätselte ich, wer das wohl sein könnte, doch das erfuhr ich erst in La Paz, als ich den einstigen Eigentümer des Hauses kennenlernte. Meine Laufbahn als Jurist – ich wäre gern Richter geworden – hatte ich aufgeben müssen, und am 27. Jänner 1939 verließ ich auch meine Heimat, als Auswanderer. Nach etwa einem halben Jahr als Seemann auf einem norwegischen Tanker kam ich mit einem Einreisevisum, das schon früher in La Paz gelandete Freunde mir beschafft hatten, nach Bolivien, wo ich den beiden Menschen begegnete, die für mein Leben bestimmend werden sollten, Georg Terramare und seine Frau Erna Terrel. Terramare hatte damals eine deutschsprachige Rundfunkstunde eingerichtet, ein Bekannter meinte, ich würde gut dazu passen, und arrangierte eine Zusammenkunft. Ich war zuerst da, er kam nach wenigen Minuten, und als wir einander vorgestellt wurden, war mir, als hätte ich ihn schon seit einer Ewigkeit gekannt.

Nie hatte ich ein Foto von ihm gesehen, doch dieses Gesicht war mir vertraut, von Urzeiten her vertraut. Dieses Gefühl uralter Vertrautheit fand seine Bestätigung in den Jahren unserer Freundschaft immer wieder durch die Gleichheit unseres Denkens. Nicht etwa, daß wir stets einer Meinung waren, durchaus nicht, aber wir hatten die gleiche Art, die Dinge des Lebens zu sehen; vielleicht könnte man von einer ähnlichen Veranlagung sprechen. Seiner Frau fiel dies auf, und einmal fragte sie. Er überlegte kurz. »Zwei Gymnasiasten«, sagte er dann, »vielleicht ist es das.« Vielleicht. Vielleicht aber war es mehr. Nach kurzer Zeit unserer Bekanntschaft, noch nicht Freundschaft, lieh er mir seinen Roman »Das Mädchen von Domremy«. Als ich das Buch zurückgab, sagte er: »Ich komme selber darin vor, in zwei Personen.« Ich nannte ihm deren Namen, und er war erstaunt: »Woher kennen Sie mich so gut?« Ich wußte es nicht.
Jeden Tag war ich mit den beiden Terramares beisammen. Seine Frau hatte ein hübsches kleines Geschäft, Schmuck und Antiquitäten, in dem ich sozusagen »Geschäftsführer« war und Terramare seine Radiostunde, einen Nachrichtendienst in deutscher und englischer Sprache, gestaltete. Ich las die deutschen, er die englischen Nachrichten. Wir wurden eifrig gehört, denn wir bezogen unsere Informationen durch Abhören der British Broadcasting Corporation. Durch den Zeitunterschied hatten wir einen Vorsprung vor den Zeitungen, die erst am nächsten Tag meldeten, was wir schon zuvor gebracht hatten. Wir enthielten uns jeglichen Kommentars, gaben nur die reinen Nachrichten durch, doch so, daß auch in der schlimmen Zeit kein Pessimismus durchdrang und unter unseren Hörern, besonders den Emigranten, kein Defaitismus entstand, nicht jede Zuversicht und Hoffnung verloren ging. Das Ende unseres Nachrichtendienstes war ärgerlich. Als die Dinge sich zum Guten wendeten, die Alliierten in Italien landeten, wurde unsere Sendung von dem zuständigen Ministerium verboten. Da-

mals regierte wieder einmal das Militär. Die britische Botschaft, der unser Nachrichtendienst wichtig war, intervenierte, doch der Minister, ein Major, antwortete kühl: »Solange ich hier Minister bin, wird in Bolivien keine Propaganda gegen Hitler gemacht.«
In Terramares letztem Lebensjahr fragte ihn seine Frau einmal, warum er, der viel Ältere, mir nie das Du-Wort angeboten habe. »Bei so einer Freundschaft!« »Eben deswegen«, antwortete er. »Vielleicht aus Angst. Die Menschen, mit denen ich per Du war, habe ich alle verloren, sie sind tot. Und die noch leben, von denen weiß ich nichts, oder ich kann sie nicht finden. Ich will nicht auch diesen letzten verlieren.« Im Oktober 1947, kurz nach Vollendung seiner Weihnachtsgeschichte, saßen wir, wie so oft, am Abend in seiner Wohnung beisammen. Erni richtete ein kleines Nachtmahl. Er, der Heitere, immer Gesprächige, war schweigsam, ich fragte ihn, was ihn bedrücke. Er fühle sich nicht gut, sagte er, und mache sich Sorgen um Erni. »Was soll aus ihr werden, wenn ich einmal gehen muß?« »Ich hoffe, daß diese Frage noch sehr lange nicht aktuell wird«, erwiderte ich, »aber wenn es Sie beruhigt, will ich Ihnen nur sagen: Ich werde mich nie zu Tisch setzen, ohne daß auch sie zu essen hat, und ich werde nie schlafen gehen, ohne daß auch sie ein Dach überm Kopf hat.« Er sah mich dankbar an und drückte mir fest die Hand.
Ein halbes Jahr später wurde seine Frage aktuell und mein Versprechen auch. Er starb. Erna und ich fühlten uns wie vernichtet, das Beste unseres Lebens war verlorengegangen, wir wußten nicht, was wir tun sollten. Aber wir spürten seine Antwort, die Weisung »The show must go on.« Nach etwa einem Jahr wandten wir uns wieder dem Theater zu. Man übertrug mir die Leitung eines anglo-amerikanischen Ensembles, dessen Gründer und Leiter das Land verlassen hatte, Erni spielte in englischer Sprache, doch das Terramare-Ensemble blieb, neue Kräfte kamen hinzu, wir

arbeiteten so wie Terramare es gewünscht hätte. Daneben entwickelten Erni und ich unsere »Revue zu Zweien«, mit der wir in Buenos Aires und Montevideo auftraten. Aber Ernis Gesundheitszustand – ihr hoher Blutdruck – machte eine Übersiedlung notwendig, sie konnte nicht länger in La Paz, in 3.700 Meter Höhe, leben. So gingen wir also im Jahr 1953 nach Montevideo, nachdem wir eine Woche zuvor geheiratet hatten, nach langer Selbstbefragung, ob Terramare es gewollt hätte. Es gab am Ende keine Zweifel mehr. Wir führten eine geradezu ideale Ehe, in der wir immer wieder Terramares Gegenwart zu spüren glaubten.
Wenn Terramare bei einer Veranstaltung der österreichischen Vereinigung eine Ansprache hielt und aufs Burgtheater zu sprechen kam, versagte ihm manchmal die Stimme. Eine große Hoffnung stieg auf, als nach dem Krieg eine Gruppe von Burgschauspielern sich um seine Ernennung zum Direktor bemühte, an der Spitze Albin Skoda, der schon in Hamburg mit ihm zusammengearbeitet hatte. Als dies scheiterte und Josef Gielen, der kein Österreicher war, zum Leiter des Burgtheaters ernannt wurde, war das, auch wenn er es sich nicht anmerken lassen wollte, ein furchtbarer Schlag für Terramare, vielleicht der entscheidende, letzte. »Zu emotionell gelebt«, sagte der Arzt nach seinem Tode.

Alles, was ihm von Wien geklungen,
Das hat er Tag und Nacht besungen,
Bis sie ihn den Dichter des Heimwehs nannten.
Aber sein Grab liegt am Fuße der Anden.«

schrieb seine Frau, Erna Terrel. Er hatte sich gewünscht, auf einem österreichischen Bergfriedhof begraben zu werden. In La Paz wurde er in einer Mauernische bestattet, wie es dort üblich war. Bei Verlängerung der Mietzeit, als Erna und ich schon in Uruguay lebten, erwirkte der österreichische Generalkonsul in La Paz von der zuständigen Behörde die Zusage,

dieses Grab, das eines Dichters, auf unbeschränkte Zeit zu hüten. Als viele Jahre später ein Reisender es aufsuchen wollte, war es nicht mehr zu finden, der Sarg war entfernt, die Nische neu vermietet worden. Die Gebeine des österreichischen Dichters gerieten vermutlich auf einen Abfallhaufen und von dort in die Müllverbrennung. Die Bemühungen seiner Frau, die nicht die Mittel für eine Überführung des Leichnams und den Erwerb einer Grabstätte auf einem Bergfriedhof hatte, österreichische Stellen zur Heimbringung des toten Dichters zu bewegen, waren erfolglos geblieben, ebenso ihr Wunsch, daß wenigstens ein Gedenkstein, etwa in der Art eines »Marterls«, an geeigneter Stelle stehen solle, wofür sie schon Inschriften wie die zitierten vier Zeilen entworfen hatte. Eine Gasse in Inzersdorf trägt Terramares Namen, aber kaum einer von den Anrainern weiß, wer Terramare war, und er selbst – was hatte er mit Inzersdorf zu tun? Ja, wenn es Dornbach wäre! Oder im Schottenstift eine Gedenktafel zur Erinnerung an den Erneuerer und Leiter der »Klosterspiele bei den Schotten«.
Ob es je dazu kommen wird?
Als letzter und, wie ich glaube, bester Freund Terramares fühle ich mich berechtigt, Miguel Herz-Kestranek, ohne dessen Initiative und Einsatz die Weihnachtslegende nicht in zweiter Auflage erschienen wäre, im Namen des Dichters innig zu danken.

Montevideo, im Jänner 1998

Wienerisches Vokabular:

Alzerl – kleines Stückchen, Bruchteil
angepickt – angeklebt
Antscherl (Antschi) – Anna
Bauxerln – Babies, kleine Kinder
Bockerln – Zapfen von Föhren und Fichten
Buckerl – kleine (manchmal auch etwas linkische) Verbeugung
Budel – Ladenpult
dalkert – tölpelhaft, unbeholfen, dumm
«Der zu uns kommt aus dem Reich« – Anspielung auf Hitler
Dirndeln – Mädchen
dudeln – Wiener Variante des Jodelns
eh – ohnedies
ein Lichterl geht einem auf` – Man erfaßt, versteht plötzlich eine Sache, eine Situation
ein Stumperl anstecken – diesen Kerzenrest anzünden
Englischer Gruß – Gebet zum »Angelus-Läuten«: »Der Engel des Herrn brachte Maria die Botschaft ... « samt den drei Ave Maria.
eselstrumm – riesig groß
es gift' dich – es ärgert dich
Fatschen – (elastische) Wickelbinden
Fetzen – abgerissenes Stück Tuch, Putzlappen
Flohtrücherl (Trücherl) – Bett (Truhe)
Flurschütz – Flurhüter
Frackerl – kleine Karaffe mit Schnaps
gach – plötzlich, jäh
gedraht – die Nacht durchgetanzt (durchgefeiert, durchgezecht)
genant – peinlich, abgeleitet von sich genieren
Gerstl – Geld
Getratsch – Plauderei, liebloses Gerede über andere
gewatschent – geohrfeigt
G'scherte – degradierende Bezeichnung für die Landbevölkerung (Geschorene = unfreie Bauern früherer Jahrhunderte)
Gigerl – Modegeck
Greisler – Gemischtwarenhändler
G'spusi – Liebelei, Flirt
Haidel – Kinderbettchen
Hausmeister – Hausbesorger
Hefen – hoher Kochtopf aus Eisen, Emaille oder Keramik
Hetz – Spaß
hinaufgekrempelt – über die Arme hinaufgerollt
Hörndel – Horn
Huterl – Hütchen
»im Rockerl g'rennt« – Knaben im Vorschulalter waren früher wie Mädchen gekleidet.
Kabinettel – Kabinett = kleines Zimmer
Kathi – Katharina
Krempel – unnützes Zeug, Gerümpel
Kreuzer – Münze
Kripperl – kleine Weihnachtskrippe, Futtertrog
Mäderln – Mädchen
mein Span – meine fixe Idee
Mizzi – Maria
Mugel – kleiner runder Hügel
Musi – Musik
Nackerbatzerln (Nackerbazerln) – splitternackte Menschenkinder
nackert – nackt
narrisch – närrisch, komisch
net – nicht
nix nutz – nichts nütze
Pantscherl – (oberflächliches) Verhältnis, Liebschaft
perlustrieren – kontrollieren, überprüfen
pumpern – dumpfes Klopfen, Aufschlagen
Putzerl – Baby, Kleinkind
Randewutscherl – Rendevous, Stelldichein
Reich – (Hirler)-Deutschland
renommieren – prahlen, großtun
rupfen – abreißen
Scherben – Töpfe
Schwätzen – Flüstern während des Unterrichts
scheckert – gescheckt
Schnapsen – ein Kartenspiel
Scheppern – Rodel, Kinderspielzeug
Schucherln – kleine Schuhe
Sechserl – 10-Heller-Stück, später 10-Groschen-Stück
seine Alte – seine Gattin
Sprichwörtel – Sprichwort, hier ist speziell das »Götz-Zitat« gemeint
stad – still
Stumperl – Rest einer Kerze
Tschaperl (Tschapperl) – liebevolle Bezeichnung für ein (hilfloses) Kind
Überbleibsel – Reste
»um fünfe vor vier« – 5 Minuten vor 4 Uhr
Urschel – dumme Person (Kurzform von Ursula)
vazierert – heimatlos, vagabundieren Vazierer = Landstreicher
Verschnaufen – Atem holen
Viecher – Tiere
voller Schneid' – mutig, draufgängerisch
Wachter = Wachmann – Polizist
Wanderl – kleine Wanne, kleiner Bottich
Weisel – Lokalverbot, Abschied von »verweisen«; von Terramare auf Grund des Sinn-Zusammenhanges allerdings etwa in der Bedeutung von »Mitbringsel«, Geschenk verwendet
Werkel – Leierkasten, Drehorgel
Winderl – Wind, Lüftchen
Wörtel – Wort, Wörtchen
wurscht – egal, gleichgültig
Wurstel – Kasperlpuppe, Hanswurst
Zecherln – Zehen
Zehrung – Proviant

Zusammengestellt von Hermine Maria Steinmetz